生きていくうえで、かけがえのないこと

若松英輔

まえがき——吉村萬壱

若松英輔さんと知り合ったのは、ツイッター上でだった。

私は井筒俊彦が好きで若い頃から個人的に親しんでいたのだが、『井筒俊彦 叡知の哲学』（慶應義塾大学出版会）という本を知り、一読若松さんのファンになった。ツイッターで若松さんをフォローすると、若松さんの方から話しかけて下さってとても緊張したことを覚えている。その後、大阪の書店で講演された時に初めてお会いした。著書から受けるイメージとは違い、カラーパンツを穿《は》いた気さくな人柄に驚かされた。以来、付き合いが続いている。

ある日若松さんから、一緒にエッセイの連載をしませんかと提案があった。若松さんには既に、『悲しみの秘義』（ナナロク社）をはじめとする名エッセイ集が幾つかある。しかし私は新聞などにたまに書く程度で不安はあったが、新しい試みに挑戦するのもいいなと思って引き受けた。かくして互いに出し合った同一のテーマで書いていくという形で、亜紀書房のウェブマガジン「あき地」の中で、「生きていくうえで、かけがえのないこと」という連載が始まった。

連載中、書き手の本能的な防衛反応から、私はほとんど若松さんのエッセイを読まなかった。

今回初めて通読してみて、若松さんのコトバが、桁違いに深い次元から発せられていることに大いに感じ入った。もし連載中に読んでいれば、自分の浅薄な言葉など消し飛んでいたのではないかと考えると、自分の判断は正しかったと思う。

若松英輔の文章には、気休めのようなものがない。

どの一篇も、この世で最も深く厳しい次元にまで筆を届かそうとしている。それは一種の怖さをもたらす。「悲しみ」というテーマひとつを取ってみても、若松英輔の言う悲しみはコトバの最も深刻な意味における悲しみである。それ以外の中途半端な悲しみになど、彼は関心がない。

何故か？

それは、最も深い悲しみの中にしか真の救いがないということを、彼が経験上知っているからである。悲しみの底にまで達したことのある人間のコトバには、強い説得力がある。

かように、どの一篇も重い。

そのコトバに捕まると、読者はたちまち暗い海の底まで引きずり込まれてしまう。しかしその深海の中には、その暗さでしか見ることの出来ない光が必ず用意されている。その光が、実に限りなく優しい。そんな読書体験なのだ。

どのエッセイにおいても共通して志向されているのは、「不可視なもの」、「何ものかの声」、「音にならない何か」、「彼方の世界」、「不死なる実在」、「万物を包みこむ何か」、「自らを超えた者」といった向こう側の世界である。こう書くと一見これらは、オカルトや神秘主義などが扱う何か特別な領域のように思えるかも知れない。しかし若松英輔が述べているのは我々にもっとも身近な世界、即ち深い絶望の向こうにやっと見えてくる光や、亡くなった身近な人々が今でもそこにいるとしか思えない魂の領域のことなのである。若松英輔のエッセイを読むと、それらが我々が知り得る最も美しい領域なのだと分かって、体の底からふつふつと生きる力が湧いてくる気がする。

「書く」の一篇において、著者は「これが、自分が書く最後の文章だ、と思って書くことだ」と述べている。著者自身が、まさにそのように書いたに違いない珠玉のエッセイ集である。

辛い時にこそ、どの一篇でもいいから目を通してみて欲しい。

自分が陥っている境遇や苦しみを温かく受け止め、励ましてくれるコトバがきっと見つかると思う。そうやって見つけたものは、実は読者自身の持つ内なるコトバなのである。

もくじ

まえがき――吉村萬壱 1
眠る 11
食べる 15
出す 20
休む 25
書く 30
ふれる 34
悲しむ 39
喜ぶ 44

嘆く 48
老いる 53
読む 57
見る 62
聞く 67
ときめく 72
忘れる 76
働く 80
癒す 85
愛する 90

耐える　95
念ずる　100
待つ　105
憎む　111
見つめる　116
壊す　121
祈る　126
あとがき　131
ブックリスト　138

生きていくうえで、かけがえのないこと

Ｋへ――尽きることなき深謝と共に

眠る

なぜ、死ぬことを永眠というのだろう。眠ることが活動の停止を意味するなら、死者は、けっして眠ってなどいない。夢の世界で会う逝《ゆ》きし者たちは、この世にいたときよりもずっと快活に、また穏やかに生きているように感じられる。

目を覚ましているとき私たちは、逝きし者の声を聞くことはできない。しかし、夢のなかではそれを、まざまざと感じることがある。

眠ることは死者の世界に生きることである、と神秘哲学者ルドルフ・シュタイナー（一八六一～一九二五）は考えていた。考えていた、というよりもそれが彼の実感だった。

もし、シュタイナーが語るように眠ることが、死者たちの世界と交わることであるなら、そこに永久《とこしえ》に暮らす死者のありようを、あえて「永眠」と呼ぶのも分かる気がする。また彼は、眠りは肉体の休息であるだけでなく、魂の充足でもあるという。眠ることで人は、もう一つの世界と交わる。眠るとは私たちにとって、彼方の世界にむかって旅することでもある。

古人にとっては違った。古《いにしえ》の人にとって眠ることは一つの秘儀だった。秘儀とは、人間の力だけではなし得ないことを神々の力を借りて経験することを指す。古人にとって夢は、ときに神託を受ける時空であり、また、死者たちと対話する場でもあった。夢で亡き者と出会ったことを詠う古い和歌は少なくない。眠るとは、彼方からの声を受け取ること、高次の意味における祈りでもあったのだろう。

一方、深層心理学が発達した時代に生きる私たちは、夢を意識の働きだと捉えている。夢とは、意識が無意識の世界にむかって開かれる事象だと語って、何か分かったような気になっている。

だが人間は今も、意識の全貌を知らない。夢をめぐっても、文字通り若干の知識を手にしているだけで、じつは実体のほとんどを知らない。『万葉集』や『古今集』の時代には体系立った心理学はない。だが、夢の経験は豊かにあった。現代は夢すらも論理で語ろうとするが、そうすることでかえって夢に潜んでいる豊饒な意味を見出し損ねているのかもしれない。

書物などから夢に関する情報を集める。そうすることで、夢について知ることはできる。だが、そうしたことをいくら繰り返しても人は、夢を知ることにはならない。

真に夢を知るためには、どうしても眠らなくてはならない。眠って、意識の活発な活動を鎮めなくてはならない。眠りのなかで内なる世界があることを日々、確かめなくてはならない。

眠りとは、生と死のあわいを生きること、現代が二つに分けてしまった世界がつながっていることを知らしめる営みなのかもしれない。

「生と死」の関係をめぐってシュタイナーはこう書いている。

私がかつてこの世界にはじめて生を受けたのは、この世に生きて、他の世界の中では手に入れることのできぬ諸性質を身につける必要があったからであった。私はこれからもこの世界との結びつきを保ち続けねばならない。そしてこの世の現実の中で獲得できるすべてのものを、自分の中に取り入れなければならない。そうすることによってのみ、いつか私も他の世界のための有用な一員になれるであろう。

（ルドルフ・シュタイナー『いかにして超感覚的世界の認識を獲得するか』高橋巖訳）

人は生きることで、その人が可能な限りにおいて、この世を味わい尽さなくてはならない。そこにあるのは歓喜を呼び起こす経験ばかりではない。しかし悲しみと痛み、あるいは苦しみを経ることによって私たちは、彼方の世界において、より深く生きることができる、というのである。

食べる

人は、肉体を維持するために食物を食べる。だが同様に私たちの魂は、言葉を食べている。比喩である、ともいえるが、考え直してみるとそうとばかりもいえない。言葉を心の糧にする、という表現もある。言葉を味わう、言葉を噛みしめる、という場合もある。

カロリーは高いが栄養が低い食べ物を、エンプティフード（empty food）という。そうした食べ物は、いくら食べても満たされない。だからたくさん食べることになる。空腹を満たすことだけを目的にした食事を無暗《むやみ》に続ければ、もちろん身体を壊す。空腹を満たすことと身体を養うことは、まったく違う。

一方、食べると快活さを取り戻す食事のことをソウルフード（soul food）という。黒人の音楽はソウルミュージックともいうように、もともとはアメリカ南部の黒人たちの「おふくろの味」を指した言葉だった。この表現も食べ物と心はとてもかかわりが深いことを暗に示している。

私たちは関係を深めたいと思う人と、まず食事をする。互いに食べ物を、あるいは食事の時を分け合い、新たな交わりの可能性を見出そうする。だから、食事をしていて接点が見つからないと、気まずくなることも少なくない。

食事の意味が、もっとも高い象徴性のなかで描かれている書物の一つが『新約聖書』、それも「福音書」だ。

「福音書」とはイエス・キリストの生涯を記した書物の総称で、マタイによる福音書をはじめ、マルコ、ルカ、ヨハネという四つの福音書がある。

そこで描かれているイエスは、しばしば、当時のユダヤ社会では賤《いや》しいとされていた人々と食事をする。それも、イエスの方から彼らのもとに出向いて、そこで時と食べ物を分かち合う。このことは、単にイエスが虐げられた人々に心を開いていることを意味するだけではない。「福音書」において食事は、罪の許しと和解の行為の象徴として描かれる。
あるとき、イエスは食べ物をめぐってこう語った。

よくよくあなた方に言っておく。
あなた方がわたしを捜し求めるのは、
徴を見たからではなく、
パンを食べて満腹したからである。
なくなってしまう食べ物のためではなく、
いつまでもなくならずに、
永遠の命に至らせる食べ物のために働きなさい。
（「ヨハネによる福音書」6章26〜27節　フランシスコ会聖書研究所訳注）

イエスの眼には、人は皆さまざまなものを無暗に欲するが、実は、本当に何が必要なのかを知らないと映っている。ここでの「徴」とは奇跡を指している。

イエスは、不治の病を癒すなどさまざまな奇跡を行ったとされているが、それは人々が真に求めているものではない、というのである。パンのような「なくなってしまう食べ物」でもない。「永遠の命」に導くようなものを求めなくてはならない。消えないもの、朽ちることのないもの、過ぎ去らないものを探せと語る。

同質の発言は、別の福音書にもある。永遠に人の心を満たすもの、それをイエスは「言葉」だという。

天地は過ぎ去る。しかし、わたしの言葉は過ぎ去ることはない。

（「マルコによる福音書」13章31節）

身体は、一定の量の食べ物を欲する。しかし、心が求める言葉は量では満たされない。だから、たった一つの言葉でも充足を感じることもある。

むしろ生きるとは、人生の、そのときどきに絶対に必要な、たった一つの言葉を探す営みだともいえる。

出す

「出《だ》す」というと人間が主語となる表現だが、古語では「出《い》づ」と書いた。それは、内に隠れていた何ものかが外にその姿を顕《あら》わにすることを意味する。人間がそれを行うのではなく、人はそれを眺める側にいる。今日でもその語感は残っていて、ある人物が頭角を現すことを「芽が出る」といったりする。

そもそも古文で、「出づ」という言葉が用いられていたとき、そこに表現されていたのは地中から出てくる芽だけではない。目に見えないものがうごめいていることの表現でもあった。

仕事場の近くに、季節がめぐってくると野草が一面に花開く場所がある。むしろ、花々が季節を告げているようにすら感じる。

今日では、四季の到来も気象庁が宣言するようになったが、そもそも季節とは、単に気温や気候の変化で決められるものなのだろうか。世が春だといっても、容易に春が訪れない人もいる。

人は、季節を肉体だけでなく、心でも感じている。心身の両面で何ものかの訪れを感じたとき、人は、うつむきかげんだった顔をふと、もちあげる。だから、世間が春だと言い、桜を愛でているのを見ても、内なる春はやってこない、そんな日々を送ることがあるかもしれない。

気がつけば酷暑がやってきて、知らないうちに厳冬になったと思うことだってあるだろう。心地よい春も秋もなかった、そう感じることは、人生には幾度かある。いつから冬はこんなに長くなったのかと嘆きたくなる日々を送らねばならない時節もある。

先の場所には、冬が終わり、春になると文字通り、芽が出てくる。しばらくすると葉を茂らせ、茎をたずさえ、花を咲かせる。すると初夏だと思う。何月であろうと、その日がどんな気候でも、花々が語りかけてくれれば、その日が私の初夏になる。

だが季節が過ぎて、秋になれば花も落ち、種を宿し、冬になれば葉も茎も枯れてしまう。すべては、はかなく消えてしまうように思われる。

しかし、また冬が過ぎて、春になると、もう枯れ果ててしまったと思われた場所から芽が出てくる。そして、ふたたび花を咲かせる。種を実らせていた分、去年よりも豊かに開花しているようにすら感じる。

大正時代に活躍した僧に山崎弁栄《べんねい》（一八五九〜一九二〇）という人物がいる。浄土宗から出た人物だが、キリスト教やプラトンから近代西洋哲学までも創造的に取り入れて、じつに豊饒な仏教哲学を打ち立てた。この人物が、「冬枯れ」をめぐって興味深いことを書いている。

次の一節にある、「生滅の一方のみ見れば」とは、生まれたものは必ず滅するとだけ思っているなら、というほどの意味である。


霊魂とは、霊は不滅に名づけ、魂は生滅の方に呼ぶのである。もし、ただ生滅の一方のみ見れば人は、死すればまったく滅したというもさしつかえないけれども、その根底の一面には不滅の根がある。野の芝草が、冬枯れで蔵《おさ》まって、枯れた方は滅したけれども、（地中に）蔵まっている根底は生命をもっている。

（『人生の帰趣』）

ここでの「霊」は、心霊現象というときの霊とはまったく関係がない。それは万物の存在を深みから支える働きである。ある人はそれを、光や風にたとえて語ることもある。また、「霊」は、人間のなかにあって、大いなるものとつながる場所である。そうした働きを弁栄は「霊性」と呼んだ。

また、ここで「魂」と語られているのは今日の言葉でいう意識だと思ってよい。ことに怒りや憎しみのような、容易に解決の糸口を見つけられない思いでもある。そうした情感はあるとき人を縛り付けるほどの力をもって私たちの人生をゆるがすが、いずれ消えてしまうというのである。「霊」は永遠に生きるが、「魂」はこの世で役割を終える。

さらに弁栄は、冬に芝生が枯れ果て、その生命を終えたように、私たちの存在も死を経てもなお、不可視な姿で「生きている」というのである。

目に見えないことと、存在していないことは違う。私たちの内なる希望も、他者との間にある信頼も、また、大切に思う亡き者たちの姿も、肉眼に映らず、その声も耳には聞こえない。だがもし弁栄が今日私たちの前で語ることがあったなら彼は、手にふれ得ない、だからこそ希望も信頼も、また逝きし者たちの存在も、眼前にある一つのコップよりもいっそう確かなのだと話し始めるように思われる。

*山崎弁栄の引用文は、読みやすさを勘案して、句読点、送り仮名を補い、漢字の表記を一部平仮名にした。

休む

書くことが生活の中心になったとき痛感したのは、執筆は文字通りの労働だという、考えてみれば当たり前な事実だった。

自分の文章がはじめて活字になったのは比較的早く、学生時代で、二十二歳だった。そのあとも三篇ほど書いたが、それからまったく作品を発表していない。ふたたびペンを執るまで十五年ほどの歳月を重ねなくてはならなかった。書かなかったのではない。書けなかったのである。

大学を卒業すると介護用品メーカーの営業職に就いた。サラリーマンを十三年ほどやって、二〇〇二年に、今も働いている薬草を商う会社を起業した。働いている間も、つねに自分のなかでは、いつか文筆で暮らしを立てていけるようになりたいと念じていた。だが、こうしたときに限って、ペンをもって机に向かうことはない。一つもまともに文章を書かないのに、人前では文学者であるような口ぶりで話していた。また、文壇で活躍している人々の輪に入ろうとしたこともあった。

そうすることで書く機会に恵まれるかもしれない、と思わなかったわけではないが、目的は違ったところにあった。自分からはけっして発することのできない、言葉の香りにふれたかったのである。だが、集まりも幾度か出て止めてしまった。求めているものはそこにはなかった。

ここでの香りとはもちろん、嗅覚に訴えてくる生理的刺激ではない。人間によって体現される存在の意味、さらにいえば生の深みである。働けば、汗が出る。ときに涙が頬を伝うこともあるだろう。

『古今集』では「血涙」という表現があり、それは烈しい情感の顕われを示すだけでなく、心を伝う、見えない涙を指す。こうした営みが積み重なればおのずと、人生の香りはその人に染み込んでゆく。

二〇〇六年十一月二十三日、祝日だったがその日は仕事だった。寒い日だったのを覚えている。このままだと本当に書かなくなると思った。哲学者の森有正は、人生の大事は内心からの声によって決定されると書いているが、あのときの経験はまさに、森のいう「内面からの促し」だった。四日で百枚ほどの作品を書いて、それが、ふたたび書き始める契機になった。

書けないときは、何を書こうかといつも考えていた。だが、書くとは何かを考えることはなかった。そんなときは言葉が語りかけてくる声は耳に入らない。書くとは、書き手と言葉による協同の営みである。書けなかったのは技量がなかったからでも、語彙が足りなかったからでもない。沈黙が足りなかったのである。

労働は人を黙らせる。さらにいえばさまざまな弁解よりもまず、心身を大きく開かなくてはならない状況を労働は強いてくる。そうなったとき、書くことをめぐっていえば、じつに奇妙なことが起こる。

手を動かさなければ文字を書くことはできないが、ペンを握っていないときも、さらにいえばペンを握ることができないときにこそ、言葉が内なる世界に宿り始めるのを実感する。書くとはそれらを、目に見える世界に浮かび上がらせることにほかならない。

「無為こそは帰趣である。この帰趣において総ては自然の命に動くのである」と思想家の柳宗悦（一八八九〜一九六一）は書いている。「帰趣」とは究極の目的を意味する。生きるとは、無為になること、自らの思いを空にして、大いなるものの通路になることである、というのである。「予」は「余」と同じく、「私」を意味する。

先の一文に柳はこう続けた。

予《よ》が休止する時、予は神とともに多忙である。静かな力を破りうる力はない。静けさが深さである、強さである。

（「『無為』について」）

休むとは、ひとたび自らの思いを鎮め、何ものかの声を聞くことだというのである。そのとき、人は生きる力の源泉にふれる。

書く

二〇一五年の十二月まで『三田文學』という文芸誌の編集長をしていた。役目上、書き手になりたいという人が集う場所に招かれることが少なくなく、どう書いたらよいか、いつ書くのか、という質問をよく受けた。だが、よくよく話を聞いていると、そうした人々の心を領しているのは、どう書くかという問題であって、書くとは何かということではないように感じられた。

ここでの「書き手」とは、必ずしも文筆家として生計を立てていく者を意味しない。それは「読み手」、あるいは「語り手」が職業の名前ではないのと同じである。それは、書くという営みを自覚的に行おうとするときの、人生への態度をいう。

書き手になるとは、書くことを生きることの中軸に据えることである。人は誰でも、心のうちにあることを真剣に書き記そうとするとき、書き手へと変貌する。

逆に、どんなにたくさんの書物を世に出していたとしても、自らの心の奥底にあるものとの出会いから逃れようとする者は、ここでいう書き手ではない。

文字を書く人は無数にいる。しかし、書き手が同様に存在するわけではない。魂の言葉を世に顕現させたいと願ったとき人は、はじめて書き手になる。

哲学者の池田晶子（一九六〇～二〇〇七）はしばしば、哲学とは、いかに生きるべきかという問題を考えることであるよりむしろ、生きるとは何かを問う営みではないのかと語った。

どう生きるかを考える者は、どこかに解答めいたものがあると信じている。しかし、池田の態度は違う。答えがないところを生きるのが人間の宿命であると見定めたところから、彼女の思索者としての人生は始まった。

「何のために生きるのか」の問いによって生存の意味、目的を問いたいならば、順序としては、わかり切ってると思っている「生存する」とはどういうことか、先にそれを知らなければ、実はこの問いを正確に問うことはできない

（『あたりまえなことばかり』）

彼女にとって知るとは、全身全霊で認識することと同義だった。いかに生きるかということを観念的に考える前に、今ここにあることをまざまざと感じてみよ、思索はそこにおのずから始まる、というのである。

書くことにおいても同じである。どう書くかよりも、書くとは何かを、書きながら考えなくてはならない。書くとは、生きることにおける不可欠な営為の呼び名である。

だから、うまく書こうとしてはならない。

人は、うまく生きたいと思ってもそうは生きられない。仮に世に言う成功を

手にしても、それと引き換えに、自己を見失うことがある。うまく書こうと技術を学ぶ人はたくさんいる。だが、そうした人の文章はどこか似ている。世に一人しかいない自分の内心を書きたいと願うのに、どうして誰かと同じように書かねばならないのだろう。

うまくなど書かなくてよい。本当に心に宿ることを、手でなく、心で書けばそれでよい。どう書くのかと質問されると、今は、こう応えている。

これが、自分が書く最後の文章だ、と思って書くことだ。今書いている言葉は、生者だけでなく、死者たちにも届く、と信じて書くことだ。そしてこの文章は、誰か未知の他者が、この世で読む、最後のものになるかもしれないと思って書くことだ。

そう他者にむかって語りながら、いつも自分を戒めている。

ふれる

「さわる」と「ふれる」は違う。漢字で書くと触る、触れる、と同じ字を当てるが、語感の上から言えば、この二つの言葉にはむしろ、埋めがたい溝があるように感じられる。

さわる、にはどこか身体的な感覚があるが、ふれる、には何か目に見えないものに接する響きがある。ものにさわる、身体にさわる、というが、一方では、心にふれる、魂にふれる、琴線にふれる、と自然に口にする。

何かにさわろうとするとき、私たちは手を伸ばす。しかし、何かにふれようとするときは、手だけでは足りないのかもしれない。さらにいえば、何かにさわっていると感じているうちはまだ、本当の意味では、ふれていないのかもしれない。

また、ふれるべきものに手でさわろうとするとき、大きな困難に直面する。ふれるべきものは手で感覚することはできないから、次第にそれを無いものだと思い込む場合がある。

さわることはできないが、存在する、そういうものは私たちの身の周りにたくさんある。悲しみ、嘆き、悦び、希望もその一つである。

感情だけでなく、そうしたものは日常生活のなかにも散見できる。たとえば、意味がそうだ。言葉が意味するものにさわることはできるが、意味そのものにさわることはできない。しかし意味は、人の心を震わせる。

私たちは意味にさわることはできないが、確かにふれている。花を贈られる。花に手でさわるのは簡単だ。しかし、その花が意味するものに本当にふれるには、少し準備がいる。受け取る方も心を開かなくてはならない。そうしないと、手に物質を引き受けただけになってしまう。人は、世界を手でさわり、心でふれている。それは人生の意味においても同じである。

第二次世界大戦中、ナチスに捕らえられ、ユダヤ人の強制収容所での生活を経験した、精神科医ヴィクトール・フランクル（一九〇五〜一九九七）は、生きる意味をめぐってこう書いている。

> 苦難と死は、人生を無意味なものにはしません。そもそも、苦難と死こそが人生を意味あるものにするのです。
>
> （『それでも人生にイエスと言う』山田邦男・松田美佳訳）

人間はときに、苦しみによって生きる意味へとつながる人生の門に導かれる。むしろ、苦しみを経ることによってしか感じ得ない、隠された意味があるというのだろう。

同じ本で、フランクルは詩人ヘルダーリン（一七七〇〜一八四三）の次の言葉を引いている。

——自分の不幸を足元にするとき、私は一層高く立つ。


世の人々が不幸だといって疑わない出来事を通じてこそ人は、生きることの意味に強く、確かにふれる。

この言葉に、偽りはないように思う。私も、どうしても知らねばならなかった人生の意味のいくつかは、悲しみの奥に見つけた。

フランクルにとって死は、生の終わりを意味しない。彼はこれから医師になろうとする若者を前にした講義で、人間には、肉体が滅んでもけっして朽ちることのない魂がある、と語っている（『制約されざる人間』）。彼にとって死は、永遠の世界へ続く扉にほかならない。

死は、この世の生の終わりを意味する。死が存在することで、私たちの生活におけるすべての営みは、けっして繰り返されることのない、かけがえのない営みとなる。

耐えがたい別離をもたらす死こそが、人間の些細な行為にも大きな意味を与えているとフランクルは考えているのである。

悲しむ

悲しみは、いつも突然やってくる。

ひとたび現実になれば、必ず悲しみに襲われるにきまっている、そうした出来事は誰にもあって、私たちは心の準備をする。

だが悲しみは、備えなどまるでなかったかのように、わずかな隙間をすり抜けるように立ち現れる。ときに身を砕くように烈しく、またあるときは寄り添うように、静謐《せいひつ》のうちにやってくる。それればかりか悲しみは、いつも、私たちの予想を打ち破るような姿をしてやってくる。

悲しみは確かに存在する。だが、悲しさはどうだろう。もし、悲しさが、悲しみの程度を示す言葉だとしたら、悲しさと呼ぶべきものは、本当は存在しないのではないだろうか。なぜなら、同じ悲しみは二つとなく、在るのはいつも、ただ一つの悲しみだけだからだ。

どんな悲しみも、ほかの悲しみと比べることはできない。多くの人々を悲しませる出来事においても人間は、それぞれ別様に悲しみを感じている。異なる言い方をすれば悲しみに基準など存在しない。

大きな悲しみ、と表現したくなることはある。だが、それは世に取るに足りない小さな悲しみがあることを意味しない。

悲しみを比較しようとするとき、人はいつの間にか心の中でそれを計量できる何かのように扱ってしまっている。かけがえのない何かを喪《うしな》ったとき、あなたの悲しみは小さい、と言われたら、私たちはそれで本当に納得することができるだろうか。

一方、悲しみを経験したことのない人は、おそらくいない。その人の意識が、それを強く自覚しているかどうかと、悲しみの経験の有無は必ずしもつながらない。悲しみが深いとき人は、それをそのまま意識で受け止められないことがある。そんなとき、悲しみは心の奥でたゆたっている。

世には無数の悲しみがあって、すべて違う。だが私たちはときに、個々の、まったく姿の異なる悲しみの交わりを通じて分かり合うことがある。

他者の悲しみを完全に理解することはできない。それは本人にすらできない。しかし人は、それぞれの悲しみによって響き合うことができる。自分と異なる悲しみとの出会いのなかに、未知なる人生の調べを聞くことがある。

悲しみは、人生からの問いでもある。誰もその問いかけから逃れることはできない。生きていれば誰もが、いつか悲しみの洗礼を受ける。悲しみの泉から湧く水をその身に受けた者は、もう以前のその人に戻ることはできない。その水を私たちは、涙と呼んできた。

悲しみの花を咲かせよ
声にならないうめきは種子になり
いつしか心に根を張るだろう

悲しみの花を咲かせよ
胸を流れる見えない涙は
乾くことのない水になる

悲しみの花を咲かせよ
放たれる朽ちることなき芳香は
不可視な者への高貴な供物となる

悲しみの花を咲かせよ
それはいつか耐え難い苦しみを生きる
お前をも救うだろう

日本人にとって、独自の文字であるかな文字の発見は、秘められた情感の発見でもあった。

「かなし」という言葉はもちろん、「悲し」「哀し」と書く。しかし、古人は「愛し」も、また「美し」と書いてすら「かなし」と読んだ。「かなしみ」には幾重もの層がある。悲嘆とうめき、耐え難い苦しみと痛みを感じることもある。だが、悲しみはそれだけの経験ではない。悲しみの底で人は、無上の情愛と至上の美にすらふれることができる、そう「かなし」という文字の歴史に秘められた叡知は語っているのである。

喜ぶ

ある時期まで、よろこびが、これほどまでに深く悲しみと結び付いているとは知らなかった。むしろ、よろこびを感じたいから悲しみから遠ざかろうとしていたように思う。

だが今は、もっとも大切なよろこびは、避けがたい悲しみと共にあるように感じられる。よろこびとは、内なる悲しみを育ててゆくことのようにすら思われる。

「よろこぶ」は、喜ぶ、悦ぶ、歓ぶ、あるいは慶ぶ、とも書く。喜楽、歓喜、悦楽、慶喜という感情も、もちろん自分のなかにある。しかしどれも、あのかけがえのない「よろこび」とは違う。微妙に、というよりもむしろ、大きくずれているように感じられて、あるときまで、「よろこび」という表現を用いるのにためらいを覚えるほどだった。現代に流布する「よろこび」という文字の底に、悲しみを感じることができなかったのである。

言葉の深みにふれる。それは、ときにその人の世界を一変させる経験になる。比喩ではない。言葉にはそうした働きがある。さらにいえば、言葉だけがそれを実現する働きを宿している。

漢字辞典を見ていたときだった。「喜ぶ」とは、もともと人間がではなく、神が喜ぶことを意味したというのである。

「神」という一語も、改めて考えれば面倒な言葉だが、ここでは人間を超える存在でありながらそれに寄り添う者、ということにする。

神の喜びと人間の関係をめぐって内村鑑三（一八六一～一九三〇）は、こう書いたことがある。次の一節での「事業」とは、必ずしも職業的な営みを指していない。人間が生活のなかで行う、目に見える行動を意味している。

事業とは我らが神にささぐる感謝のささげ物なり。しかれども神は事業に勝るささげ物を我らより要求し給ふなり。すなわち砕けたる心、小児のごとき心、有のままの心なり。なんじ今事業を神にささぐる能はず、ゆえに汝の心をささげよ。神の汝を病ましむる多分このためならん。

誰の眼にも見えるように何かを行い得る者は、その行為を、また業績を神にささげればよい。しかし、神が本当に私たちに求めているのはそうした目に見えるものではない。神は、心を求めている。神は人が内なる、朽ちることのない何かに目覚めることを喜ぶ。だからこそ、悲しみや嘆きによって砕けたありのままの心をささげよ、というのである。

もう立ち上がる力さえ失われてしまった、そんなときでも、私たちは悲しむ心をそのまま内村が「神」と呼ぶものにささげることができる。

この一節は、『基督信徒のなぐさめ』と題する内村の最初の著作の最終章にある。この本で彼は、人生の困難に直面したとき人は、どこに慰めを見出し得るかを、自らの人生に寄り添うように語った。たとえば、全六章からなるこの本の最初の章は、「愛するものの失せし時」と名づけられている。

大切に思う人との別離はときに、耐えがたい悲しみとなる。しかし、そう感じることができるのは、そこまで愛おしいと感じる相手に出会えているからだろう。出会うことがなければ、別れは存在すらしない。

神にだけでなく、私たちは亡き者にも、悲しみをささげることができる。ある人はそうした悲しみを悲愛と呼んだ。

もし、かつての自分に何か伝えることができるなら私は、よろこびは、悲しみという土に咲く花だと言うかもしれない。

内なる悲愛の誕生をまざまざと感じること、人生にこれほどの喜びがあるだろうか。

嘆く

うめきと嘆きを聞き分けなくてはならない。他者の、ではない。自身のそれを見過ごさないことは、おそらく私たちが思っているよりも、ずっと重要なことのように思われる。人はしばしば、自らが危機にあることを十分に感じないまま、生きている。断崖をよろめきながら歩いているようなことが、人間にはある。そのとき、目を覚ませ、少し休めと語るのは、うめきと嘆きの声である。

悲痛を生きる者が、消え入りそうな、しかし、大地を貫くような響きを発するのを、うめくという。地響きがしたときなど、大地のうめき声というように表現することもある。

だが、嘆きは、必ずしも声にならない。それはしばしば、私たちの耳に届かない。嘆きのなかに日々を送る者の姿は、私たちの眼にも、耳にも隠れているのではないだろうか。だからこそ、「嘆き」は、さまざまな宗教の歴史ではきわめて重要な意味を持ってきた。

キリスト教のカトリックには、「嘆きのマリア（Mater dolorosa）」という表現がある。わが子の十字架上の死を目の当たりにしなくてはならなかった聖母マリアは、私たちと共に嘆き、苦しみに寄り添ってくれる存在として信仰されてきた。

また、ユダヤ教の聖地エルサレムには、巡礼者たちが祈る「嘆きの壁」と呼ばれる場所がある。この壁は、ヘロデ大王時代の聖なる場所、神殿の外壁だった。

教義の理解からだけでは対話を続けることが難しいユダヤ教とキリスト教も、「嘆き」の一語を前にするとき、表面上の差異を超え、深く響き合う。

ここでの「嘆き」という言葉には幾重にも意味が重なっている。それは耐えがたい悲しみであり、逃れがたい苦しみであり、また、乾き果てるような涙すら、そこには含意されている。

でき得るならば、誰もが隣人とは喜びを分かち合いたい。悲痛ではなく、歓喜のときを共に過ごしたいと願う。しかし、誰しも生きていれば、悲しみと苦しみから逃れることはできない。他者と分け合うことが困難なとき、人は、それを不可視な者にささげようとした。自らの嘆きを、あたかも供物のように差し出したのである。

嘆きには胸が引き裂かれそうな苦しみが伴う。また、ときに見るに堪えないほどの悲惨な姿をさらすこともある。しかし、そこには、けっして偽りはない。考えてみれば、嘆きは、人間が自らを守護する眼に見えない者たちにささげ得る、もっとも純粋なものの一つではないだろうか。

近代日本の作家にも、嘆きを生き抜いた人がいる。むしろ、嘆きによって生かされていた人物がいる。原民喜(一九〇五〜一九五一)である。「鎮魂歌」と題する長編の散文詩で民喜は、嘆きをこう謳《うた》いあげた。

自分のために生きるな、死んだ人たちの嘆きのためにだけ生きよ。僕を生かしておいてくれるのはお前たちの嘆きだ。僕を歩かせてゆくのも死んだ人たちの嘆きだ。お前たちは星だった。お前たちは花だった。久しい久しい昔から僕が知っているものだった。僕は歩いた。僕の足は僕を支えた。僕の眼の奥に涙が溜るとき、僕は人間の眼がこちらを見るのを感じる。

ここで「死んだ人」と述べられているのは、広島で原子爆弾によって亡くなった人々をはじめ、第二次世界大戦でこの世を去らねばならなかった者たちである。民喜は、そうした人々の、声にならない「嘆き」によって生かされていると感じていた。彼が全身で感じている「嘆き」は、恨みではない。亡き者たちに悔恨がなかったのではない。むしろそれは私たちの想像を絶するはげしいものであっただろう。しかし、死者たちはそれすらも、無私なる悲願に変えようとしている、というのである。

嘆き、それは祈りの異名にほかならない。そのことを人は、古《いにしえ》の時代から身をもって知っていた。嘆きのあるところには、大切な何かが奪われ、そこなわれたことへの悔恨がある。しかしそこには同時に、生への深い情愛が存在しているのである。

老いる

昼間、久しぶりに店で一人、コーヒーを飲んでいた。少なくともこの一年ほどの間、そうした時間を過ごしたことはなかった。

仕事が立て込んでくると、一杯のお茶を飲むときも誰かと打ち合わせをしていたりする。待ち合わせをしているのでもなく、ただ漫然と時を感じることがなかったことに気がつく。

夜、一人でいる時間は十分にある。だが、これはなかなか自由にならない。夜半は文章を書く時間で、奇妙に思われるかもしれないが、いつ書き始められるか自分でもはっきりしないのである。ほとんど書けないこともある。数時間、場合によれば十時間もの間、「書く」時の到来を待っている。闇に光が射すような瞬間があって、それを捉えようと待ちかまえている。

その日は三十分ほど時間があったので、コーヒーショップの二階の窓側に座って下の景色を眺めていた。横断歩道を渡る人の姿が見える。みんな、せわしく歩いている。上方を見る者はいない。さっきまでは自分もそのうちの一人だったにもかかわらず、なぜ血相を変えるほど何かに追い立てられるように仕事をしなくてはならないのか、と思ったりもする。

しばらくすると、オレンジ色の服を着た男性の老人が、杖をついて歩いてきた。介助者が横にいて、道筋と歩き方を教えている。この老人は目が見えない。それも、そう遠くない日に何らかの理由で視力を奪われたように、私には映った。

誰にとっても老いは、未知の経験である。それは死ぬまで終わることなく続く、新しい出来事なのである。

新しいことに挑戦する若者の雄姿に、人々は拍手を惜しまない。しかし、老年を生きる人々に同質の讃辞を送ることは、ほとんどない。だがおそらく、人間の生涯のなかでもっとも勇気を要するのは、老いの日々、老境なのではないだろうか。

気がつくと椅子から立ち上がり、両手を窓につき、じっとその男性を見つめていた。彼は、杖と、少し遠くなっているだろう聴力をたよりにしながら、前進したり、止まったりを繰り返している。

建物のなかでは、急に立ち上がり窓に張り付くようにしていた私に、周囲の視線が集まっていた。何が起こったのかと話をしている人もいる。だが、このとき起こっていたのは、私には「事件」と呼ぶに十分な出来事だったのである。

突きつけられた宿命から逃げず、幾度転んでも立ち上がり、避けがたい人生の問いを懸命に受け容れようとする。眼前に広がっていたのは、文字通りの勇者の姿だった。

『生きがいについて』の著者・神谷美恵子（一九一四〜一九七九）は日記で、自分がキリスト者にならないのはイエスが三十歳という若さで亡くなったからだという。

三〇才といえば心身共に絶頂の時。その時思う理想と、六五才にして経験する病と老いに何年もくらすことは、何というちがいがあることだろう！私はまだしもBuddha〔ブッダ〕のほうに、人生の栄華もその空しさも経験し老境にまで至って考えたことのほうに惹かれる。

（一九七九年一月十九日付『日記・書簡集』）

老境には、若く優れた人がどんなに懸命になってもかいま見ることすらできない叡知の門がある。しかし、イエスはそれを知らないと神谷は感じている。彼女を深く愛した叔父も、師もまた、周囲にいて支えた人々の多くも敬虔なキリスト者だった。だが、先人たちと同じ道を行くことができない。それは、イエスが老いを知らないからだ、というのである。この一節を書いた年の十月に、彼女は逝った。

読む

何度となく手にしながら、読み通すことができない本がある。退屈なのではない。ある感動を覚えつつページをめくるのだが、終わりまでたどりつかない。数年経って、また手にする。だが、読了するには至らない。こんなことを繰り返している本が何冊もある。

縁が薄いのではない。別な言い方をすれば、これほどつながりが深い本はそうないともいえる。何度あきらめても、何ものかに遣わされたかのように眼前に現れる。ギュスターヴ・フローベール（一八二一〜一八八〇）の『ボヴァリー夫人』もそのうちの一つだ。

はじめて読もうと思ったのは大学生のころで、当時、よく読んでいた批評家の中村光夫（一九一一〜一九八八）が後年、自らの若き日々をふりかえって、この作家こそが自らの青春時代の「神」だった、とすら語った人物だった。中村をより近く感じたいならば、フローベールにも親しまなければならないと思ったのである。

だが、今もしかつての自分に語りかけることができるなら、まったく逆の助言をする。むしろ、そうしたあまりに意図的な読書は、読み手自身とフローベールとの出会いを決定的に拒むから止めろと言いたい心地もする。

何かを予期しつつ、調査をするような手つきでする読書は、これまで語られてきたフローベールの像を確かめることに留まり、「私の」フローベールを見出すことにはつながらないからだ。

書物との邂逅《かいこう》は、人との出会いに似ている。時が熟していないと、言葉を交わす程度の接点はあっても出会いと呼ぶべき出来事にはならない。

しかし、茫然と待っていれば出会いは向こうからやってくる、というわけでもない。待つだけでは十分ではないのである。本であれ、人であれ、出会うために人は、それを準備する人生の門をいくつかくぐらなければならないようにも感じられる。

『ボヴァリー夫人』は、あらすじから言えば、医師に嫁いだエンマという女性が夫との生活に倦《う》み、他の男性たちとの情事に生き、ついに自ら命を絶つ、という物語なので、若いころは物語の展開を追うのに懸命だったが、今は話の筋から少し離れた言葉に強くひきつけられる。

主人公であるエンマの夫シャルルは、彼女と結婚する以前に、母親にあてがわれるようにしてある女性と結婚する。相手は、資産家として知られていた人物に嫁いでいた、年齢も中年にさしかかった未亡人だった。しかし、しばらくすると資産家であるということが嘘だったと分かる。シャルルの両親は激怒し、シャルルとその妻の関係にも急にかげりが差す。そんなとき、妻が急死してしまう。

小説ではその直後の光景が次のように描かれている。文中の「アルコーブ」とは、西洋風の家にある壁面に作られたくぼみのことである。

墓地ですべてを済ますと、シャルルは自宅に帰った。階下にはだれの姿もなく、二階の寝室に上がり、見ると、アルコーブの足元の壁にまだ妻のドレスがかけられていて、そうして、彼は書き物机《ライティングデスク》にもたれて、夜になるまで悲しい夢想にふけっていた。よく考えてみると、自分は愛されていた。

（芳川泰久訳）

愛されていたことを肌身で感じる。そうした素朴な出来事でも人は、愛を注いだ人物が亡くなるまで気がつかないことがある。財産や地位などに気を奪われていると、日々わが身に注がれている愛を見過ごすことがある、というのである。

五十歳近くになるまで、これほど小説を読むことが愛おしいと思うことはなかった。

今、これが最後の機会なのかもしれないと感じつつ、『ボヴァリー夫人』を読んでいる。遠くない日に別れを告げなくてはならない人に、会いに行くようにして、日々、少しずつページをめくっている。

見る

人は、分かっていると思っていることを懸命には探究しないものである。だから、真剣に何かを究《きわ》めようと思えば、自分をつねに無知の場所に置かなくてはならない。

けっして居心地のよい場所ではないが、偽りの経験によって満足することなく日々を過ごすことはできる。

「見る」と「観る」は、似て非なる営みである。世の中には、見えるものと観えてくるものがある。

同じものを目にしていても、あるときを境に、以前とはまったく異なるように観えてくる。本も、人も、風景も、こちらの心のありようにしたがって姿を変える。そんな経験は誰にもあるだろう。

見物とは、肉眼で物をみることだが、人生観という言葉には、徐々に、しかし確かに認識が深まる、といった語感がある。

「見る」は、今、ここで見ること、一方、「観る」は、一定の時間を費やしてだんだんと胸の内に映じてくることを指すようだ。見えた、と思い込んでいると、私たちは、観えてくることを経験しづらいのかもしれない。夏目漱石（一八六七〜一九一六）の『こころ』では、二つの「じんせい」観という言葉が記されている。一つは、「私」が、「先生」の生きかたをめぐって語っているところにある。

—

私は先生のこの人生観の基点に、或《あ》る強烈な恋愛事件を仮定してみた

あるとき「私」は、なかなか他者に心を開こうとしない「先生」の人格形成の基底に、熾烈な経験を伴う恋愛があったのではないかと思うようになったと

いうのである。

「私」がそう感じるようになった契機は、「先生」が語った次の一節だった。「とにかく恋は罪悪ですよ、よござんすか。そうして神聖なものですよ」。罪深く、そして神聖なるもの、それが恋愛だと先生は言う。

罪と聖性、恋において、どちらかしか経験できていなければ、私たちは恋を知っているとは言えないらしい。

だが、この作品にはもう一つの「じんせい」観が出てくる。

……その日その日の情合で包んで、そっと胸の奥にしまっておいた奥さんは、その晩その包みの中を私の前で開けて見せた。「あなたどう思って?」と聞いた。「私からああなったのか、それともあなたのいう人世観とか何とかいうものから、ああなったのか。隠さずいって頂戴」

「人生観」と「人世観」は、『こころ』にそれぞれ、一度ずつしか記されていない。この二つの言葉を漱石が意図的に書き分けているのか、また、単なる書き違えなのかは分からない。

最新の岩波書店版『漱石全集』（一九九三年〜）の編纂において中核的な役割をになった編集者秋山豊によると、漱石は、原稿を書き終えると、ほとんどの場合それを顧みることはなかったという。印刷前のゲラを整えたのは本人ではなく、媒体の編集者や周辺の人だった。歴史のいたずらだとしても、せっかく違う表記が残されているのだから、その差異を考えてみるのもよいだろう。

「人世観」という言葉からは、人の世、すなわち現実社会で生きる上での生活の智慧が養われていくような光景が思い浮かぶ。人の言葉から何を聞き、自分は何を言うべきか、あるいは沈黙のなかに声ならぬ声を聞き、沈黙のうちに何かを語る態度が身に付くようにも感じられる。

だが、「人生観」の方は、他者との交わりを重ねながらもどこか、究極的には自己との対話を深めていく先に観えてくる認識のようにも思われる。前者が横軸への運動であれば、後者は縦軸に進む何かをそこに感じる。

冒頭で、「見る」という言葉は、肉眼で物を目撃することだと書いた。しかし、それは今日の用法に過ぎない。万葉の時代は違った。「見ゆ」は、不可視なるものにふれることを意味した。花を見る、それは花のいのちと交わることであり、国見する、とはその土地にいきる精霊と沈黙のうちに語らうことを意味した。

「見る」も「観る」も共に、手にふれることができず、目に映らないものとの関係を深化させることでは共通している。

だが、静かに考え直してみると、今日でも「みる」ことの本当の意味は、不可視なものの存在を心で確かめるところにあるようにも思われる。

聞く

人は、いったいどこで音を聞いているのだろう。また、聞いているのは音だけなのだろうか。聞くことを改めて考えてみると、そんな思いから離れることができない。耳で聞くのではない。耳は音を集め、整える。脳である、そう生理学はいうだろう。だが、私の実感は違う。もし脳であるなら、死者たちには生者の声は届かないことになる。

聞くという行為の深みにふれようとするとき、私たちは少しだけ、この動詞と肉体との関係をずらしてみることが必要なのかもしれない。心に響くという表現も、そうした私たちの日常の光景を示しているのだろう。

十歳にならないころだったと思う。家にカセットテープレコーダーがやってきた。聞くだけでなく、録音が可能な機械に何とも言えない魅力を感じた。テープがまだ高価なころの話である。音が記録されるということが不思議で、さっそく愚にもつかないことを話し、鼻歌を歌ったりした。

再生してみるとまず、自分の声が著しく違って聞こえるのに驚く。しかし、もう一つ、大きな発見だったのは、何も音がしていないと思っていたはずなのに、テープにはじつにさまざまな音が記録されていたことだった。家のなかの生活音だけでなく、外で鳴く鳥の声も残っていた。

外界に存在する音のすべてを、私たちは聞いているわけではない。それぞれの人間がそれぞれの必要に応じて取捨選択している。あるいは、選択しそこなっている。聞くという営みは、私たちが思っている以上に主体的な営為なのである。

また、聞くという行為は単に集音することではなく、むしろ、全身で何かに応じることを指すのではないだろうか。香道では「香を聞く」ともいう。日本語の「聞く」という言葉の歴史には、耳で聞くだけでは収まらない何かがあることを、「聞香《もんこう》」という一語は示している。

先にもふれたように科学的に見ると、音は空気の振動で、耳は音を集める器官である。だが、私たちは耳で音を聞いているのではない。耳がなくては音を聞くことはできないが、音に魅せられ、ときに危険を察知したりするのは耳の働きではない。脳もまた、耳と同じくさまざまな信号や情報を制御、統合しているのであって、それを真の意味で聞いているのではない。脳は、音を認知している。しかし、認識しているのではないように思われる。

ここでの「認知」は、何かを情報として受け取る行為で、「認識」は、それを生きる意味に変化させることである、ということにする。少し表現を変えるなら、認知は生活の次元の行動だが、認識するときそれは人生の出来事につながっている。そう考えると、認識はやはり、脳だけの仕事ではないように感じられる。

行動はしばしば、体系だった理論よりも世界のありようをまざまざと伝えてくれる。より精確にいえば、この世界を人はどう感じているのかも、行動の方がより雄弁に物語っている。

私たちは、亡き者たちに音楽をささげる。言葉を、祈りを、送る。経文を唱えることもある。死者に耳はない。そんなことは誰もが知りながら、調べに想いをのせて彼方の世界にまで送り届けようとする。ここに、比喩的な営みが入る余地はないだろう。私たちは、心の底から本気で、音を、言葉を、うめきをも供物として差し出そうとしているのである。

近年、親鸞（一一七三～一二六三）をめぐる言葉を読んでいる。彼が書いた言葉、あるいは彼を語る言葉に強く惹かれる。『歎異抄』は、親鸞に随伴していたある弟子が、師の没後二十数年が経過したころに書いた言行録である。その序文にあたるところに次のような一節がある。

よつて、故親鸞聖人の御物語のおもむき、耳の底に留むる所、いささかこれをしるす。

「耳の底」に残っている亡くなった師親鸞の言葉を記そうと思う、というのである。耳の底と呼ぶ場所を指さすことはできないが、そうした秘められた領域があることは分かる。

人は、耳で音を集め、耳の底で聞いている。それを私たちは、心、ときには魂と呼ぶのではないだろうか。もしそうでなかったとしたら、心の声も、魂の叫びもこの世に存在しなくなってしまう。人は耳の底でいつも、音にならない何かを感じている。

ときめく

時間は過ぎゆくが、「時」は、過ぎゆくことがない。時間の目で世界を見るとき、あらゆるものは、瞬く間に過去になってしまう。だが、時の目で見るとき、十年前に起こった出来事も今のことのように感じられる。

人は、喜びなくして生きることはできない。だが、喜びはしばしば過ぎゆく。すべての喜びが過ぎゆくことのない「時」の世界とつながっているわけではない。また、ときに喜びは、私たちを過去に引き戻そうとする。

悲しみは容易に過ぎゆかず、ときに「時」の世界をかいま見させてくれる。しかし人は、「時」の世界に暮らすことはできない。悲しみも喜びと同様に、私たちを過去に縛り付けることがある。

現代では「ときめく」とは、心が躍動するほどの経験を指す言葉だが、かつては必ずしも同様のことを意味していたのではなかった。

古語辞典を引くと確かに、「ときめき」という名詞は『枕草子』でも、今日と同様の胸が高鳴ることを意味したと記されている。だが、動詞である「ときめく」の意味は少し異なっていた。

「ときめく」は、「時めく」と書き、時代の勢いを得て栄えること、あるいは寵愛を受けること、大きな愛を身に受けて輝くことを指した。

言葉は、その時世の様相をはっきりと映し出す。古《いにしえ》の時代、「時」は単に時間の経過を示す目安ではなく、「時」自体が生ける何ものかであるのように感じられていた。今日でも、「時」を味方につける、というように、そうした「時」の感覚は現代の私たちにも残っているのかもしれない。

日本だけではなく、古代ギリシアでも時間と時にはそれぞれ別の名が与えられている。過ぎゆく時間は「クロノス」、永遠の時は「カイロス」と呼ばれて、それぞれが力をもった神として、この世で権能をふるうと信じられた。

だが人は、時間でも「時」の世界でもない、今にしか生きることができない。それは素朴な事実だが、厳粛な理《ことわり》でもある。どんなに過去を愛おしいと感じても、未来のことを想っても人は、今、この場所にしか生きることはできない。むしろ、今に生きることなく過去、あるいは未来どちらかに大きく傾いている状態を不幸と呼ぶのかもしれない。

時間と「時」の交点、そうした時空を哲学者の西田幾多郎（一八七〇～一九四五）は「永遠の今」と呼んだ。「ときめき」も今にしか起こらない。むしろ、真のときめきを見出したいと願うとき人は、今にそれを探さなくてはならない。

次に引くのは、私が知る限りでもっとも美しく、また確かに「ときめき」の情景を描き出した一篇の詩である。「憩らつて」は、「やすらって」と読む。

わたしが望みを見うしなつて、暗がりの部屋に横たはつてゐるとき、どうしてお前はそれを感じとったのか。この窓のすき間に、さながら霊魂のやうに滑りおちて来て憩らつてゐた稀なる星よ。

（『原民喜全詩集』）

悠久の「時」から遣わされた使者は、音もなく訪れて人に寄り添い、沈黙のうちに傷を癒す。永遠はあるとき、部屋に射し込む星の光に託して、自らの来訪を告げ知らせるというのである。

「ときめく」とは、時間の世界にありながら、彼方の世界からふれられることを意味するのではないだろうか。また先の一節は、時間という制約から抜け出して永遠の今にあるとき、人は朽ちることのない「ときめき」を生きることができる、とすら感じさせてくれる。

＊引用文は同書に収められた「一つの星」ではなく民喜が残した草稿によった。岩波文庫のカバーにその写真が用いられていて、全文を読むことができる。

忘れる

ある出来事の痕跡が記憶から消え失せてしまう、そうした現象を「忘れる」と呼ぶなら人は、おそらく何も忘れ得ない。

うまく想い出せていないことと、忘れていることは違う。意識にのぼっていなくても覚えていることはたくさんある。むしろ私たちは想いを大切に思うからこそ、記憶の保存庫を表層意識から深層意識へと替え、忘れる場合すらある。

表層意識は喧騒にまみれていて、大事な記憶と静かに向き合うには不向きな場所だ。だからこそ私たちは、大切な出来事を風化させないために、意識の奥にある小さな部屋に想いをしまっておこうとするようにも思われる。

矛盾しているように聞こえるかもしれないが、忘れるという行為は、大切な人からもらった贈りものを小さな箱にしまい、誰も知らない場所に置いておくのに似ている。

ここでの贈りものは、一つの言葉、あるいは行為あるいは沈黙のうちに投げ掛けられたまなざしであるかもしれない。そうした人生の宝物は、きっと誰もがもっている。苦しいとき、悲しいとき、胸の奥にある言葉を引き出して、自らを慰めるといった経験をした人も少なくないだろう。

また、忘れるということが日常生活のなかで物事をはっきりと認知できていない状態を指すのであれば、私たちは、ほとんどのことを忘れている。むしろ忘れることによって、あるいは忘れつつあることによって人は、どうにか日々を生きていられるのではないだろうか。

生きていれば、傷つくことから逃れられない。思い出したくない出来事もある。そうした記憶を私たちは、日々、忘れていく。忘れるとは人間の生存本能にもっとも近い働きの一つでもあるだろう。ワインが時に醸成されることによってまったく異なるものに変貌するように、意識の奥に隠された小部屋では痛みの出来事も姿を変じる。

悲嘆と苦痛に彩られた記憶を忘却の小部屋にしまう。もう誰も、その扉を開けることはできない。だが一人だけ、この秘密の部屋への出入りを例外的に許されている者がいる、と須賀敦子(一九二九～一九九八)はいう。次に引くのは、彼女が若き日に書いた一節である。

シエナの聖女の周囲には、これとおなじ種類の質問をもった人々がつめかけていた。そこには家庭の主婦がいた。町の弁護士がいた。染物屋のおかみさんがいた。カタリナはこの人々にむかって云った。霊魂の中に秘密の小部屋をつくりなさい。小部屋の準備がととのったなら、そこに入って、おはじめなさい。自己の探求を、ひいては神の探求を。

(「シエナの聖女」)

シエナは、イタリアの中部にある街の名前である。十四世紀中ごろ、ここに、のちにシエナの聖カタリナ（一三四七～一三八〇）と呼ばれる人物が生まれた。彼女は没後、教会から聖人の位を与えられることになるのだが、聖職者ではなかった。在俗の求道者としての生活を送りつつ、当時のキリスト教会に甚大な影響を与え得た不思議な存在だった。

当時ローマ教皇は、周辺各国の国王に勝るとも劣らない権力をもっていた。だがカタリナは、まったく気後れすることなく教皇に直接言葉を送り、助言、忠言を続けた。そうした時代の真ん中で発言しつつ、その一方で彼女は、自分の周辺で暮らす民衆のひとりひとりには、「霊魂の中に秘密の小部屋」を準備するように、と語りかけた。

誰もが魂に「秘密の小部屋」を作ることができる。そこは大いなるものの働きで充満している。この小部屋において人は、大きな安心のうちに、悲しみ、嘆き、また、苦しみを生きることができる。

「忘れる」とは、もっとも高い意味において自らの心に道を掘り、その通路を伝って魂の深みにふれようとする営みなのかもしれない。

働く

現代は、働くことの意味が見えにくい時代なのかもしれない。働くというとすぐに報酬を想起しがちだが、お金を手に入れることを目的としない仕事は、この世にいくらでもある。むしろ、仕事とお金の関係を少し離してみなければ、働くことの意味を感じづらいのかもしれない。

特定の職業に就いていなくても働いている人はたくさんいる。子育てや介護、また、余命が限られた家族に寄り添うのも、かけがえのない仕事だろう。また、働くことの意味も価値も、正当に金銭に置き換えられるわけではない。

もし、働くことのすべてが金銭換算できるのだとしたら、この世から最初に消えるのは信頼や信用の価値だろう。私たちは働くことで他者との関係を築いている。そこに金銭が介在することは否定できない。信用金庫というように、お金には「信用」というもう一つの名前すらある。だが、金銭と「信用」が似て非なるものであることは誰もが知っている。

私たちは、金銭がなくては生きていけない。日常生活で必要なものを金銭で購《あがな》う社会に生きている。お金がなければ買えないものはある。だが、ほとんどのものはお金では買えない。お金ではどうしても買えないものは、買えるものとは比べ物にならない絶対的な力によって、私たちの一生を支配している。死もその一つである。

どんなにお金をもっていたとしても死を避けることは誰にもできない。医学が進歩したとしても死の絶対性の前にはまったく無力であり続けている。なぜなら人は必ずしも病によって死を迎えるわけではないからである。天災、事故など、人間を死に至らしめるものが病や肉体の老化だけではないことを私たちは、五年前と今年の大震災で知らされたはずだ。

働く意味を感じ直してみるには、この言葉を「働き」という名詞にしてみるとよいように思う。死者は目に見える姿では働いていない。しかし、その「働き」はどうだろう。死者が存在している。それだけですでに、一つの、それも大きな意味をもった「働き」なのではないだろうか。また、水の働き、光の働き、存在の働きというように「働き」という言葉にはむしろ、どこか俗世を離れていこうとする趣《おもむき》すらある。

生者である私たちも、「働きがい」というとき、もっとも重要視するのはその営みに従事している意味、働く意味ではないだろうか。むしろ、金銭を超える何かを確かに感じられないときに「働きがい」がない、と語り、それを切望する。

労働に潜んでいる不思議な「働き」をめぐってフランスの哲学者シモーヌ・ヴェイユ（一九〇九～一九四三）が、次のような美しい言葉を残している。

労働を通じて人間は、自分の自然的な生をつくり出す。科学によって、さまざまな記号を用いて世界をつくり直す。芸術によって、自分のからだとた

ましいとの結びつきをつくり直す

（「労働の神秘」『重力と恩寵』）

人間は、働くことによって自らの生の在り方を模索する。そして、自身にとっての社会を生みだす。さらに、肉体と魂のつながりを取り戻し、真の自己となる。人が働くのは、死すら私たちから奪えない何かをそれぞれの人生で実現するためではないだろうか。

働くとは自己を見つめ、他者と交わりながら、魂と呼ばれる不死なる実在にふれることである。ヴェイユはそれを論じただけではない。生きて、体現した。働くとはそもそも、人生の意味を自らに証《あかし》しようとする営みなのではないだろうか。

ヴェイユの時代、労働者は文字通り過酷な状況下で働くことを強いられていた。彼女は、そうした人々に寄り添いたいと自らも工場で働きながら、労働者に語りかける言葉を探した。生前、一冊も著作を世に問うことなく、三十四歳で衰弱するように亡くなっている。

彼女の生前の存在を知る人は限られていた。だが今は、じつに多くの人が彼女の言葉にふれている。それを書いた者が生きているときは、ほとんど知られることのなかった言葉が、書き手の死を経ることで新生することがある。そのとき、文字は、朽ちることのないコトバへと変貌する。

癒す

自然にふれ、心が落ち着きを取り戻したとき、私たちはふと「癒される」と口にする。癒える、あるいは癒される、というとき、癒す働きがどこかから来ることを体感している。だが、「癒す」というとき、その主体は人間になる。「私があの人を癒す」、この一文に文法的な誤りはないのだが、何か明言できない違和感を覚える。人が人を癒すという表現に尊大な自我を感じる。

「癒す」と「癒える」は、似た表現だが、意味するところはまったく異なるように感じられる。根源的な意味で人は、他者を癒すことができるのか、という問題がこの類似した二つの言葉の間には横たわっている。

また、癒しは快楽とも異なる。快楽は、ときに人を破滅に誘い込むことがある。いたずらな快楽は、その人自身のままでいるはずの人間をときに肥大化させることもある。だが、癒しにはそうした働きはない。癒しにふれたとき人は、その人自身に立ち戻るような感触を覚える。

英語の〝heal〟は、直訳すると「癒える」となるが、「私は癒えた」ということを意味するとき、I was healed と受け身になる。何かが人を癒すという感触は、英語にもある。

〝heal〟は全体を意味する〝whole〟と語源を同じくすると言われている。人は単に慰められたときに癒しを感じるのではなく、万物を包みこむ何かとつながったときに癒しを感じるのかもしれない。そうだとしたら、人は死の際にあってもなお、癒しにむかって大きく可能性を開いていることになる。

薬草を商い始めてからもう十五年が過ぎた。薬草を摂《と》るとき、現代人は単に有効な成分を摂取することと同じに考えているが、起こっているのはそれだけではない。

薬草の歴史は医学の歴史と同じくらい古い。人は食べるという行為を始めてほどなく植物に薬効があることを見つけた。むしろ、食べることは癒しであることを発見したと言った方がよいのかもしれない。

植物は、種子に宿っている要素が光と空気と水、そして大地からの働きと融合することで生まれる。私たちが日ごろ「栄養素」と無味乾燥な表現で呼ぶものも、もともとは光と大地が姿を変えたものである。人は日々、薬草や野菜、果物を摂ることによって天地とのつながりを取り戻そうとしている、そのことを現代人はもう一度考えてよい。食べるという行為によってだけでなく、食べ物によって私たちは内から癒されている。

人間の肉体が植物を必要とするように、人の心は言葉を求める。「言の葉」という植物を強く想起させる表現を日本人が見つけたのも、言葉のうちにある癒しの働きを古人が感じていたからだろう。

そんなことを考えつつプラトン（前四二七〜前三四七）の『パイドン』を読んでいると、言葉と「癒し」をめぐる次のような一節に出会った。

むろん、あの方が答えるべき言葉をお持ちだったことは、おそらくなにも驚くべきことではないでしょう。だが、私があの方について特に驚嘆した点は、先ず、あの方が若者たちの議論をなんと楽しげに、好意をもって、そして感心しながら受け取られたかということ、それから、かれらの議論によってわれわれがどんな精神状態に陥ったかをなんと鋭く見抜かれたかということ、さらには、そういうわれわれをなんと見事に癒してくださったかということ、なのです。

(岩田靖夫訳)

プラトンの描き出す、対話の人ソクラテス(前四六九〜前三九九)は、じつによく話す。しかし彼の存在を近くで経験した者の実感は、この哲人が話す言葉だけでなく、それを聴く態度に強く打たれたというのである。ソクラテスは人を説得しない。その人にとって大切なことを、本人の口から語り始めるのを待ち、また、それを促す対話の相手を務める。

彼は、自分が他者を癒すことに生きる意味を見出していたのではなかった。自分もまた、何ものかによって惹き起こされる癒しという出来事の目撃者であることを至高の誇りとした人物だった。

聴くとき、人は沈黙する。しかしその沈黙の場には神々の働きが満ちていることを、ソクラテスは熟知していたのである。

愛する

好きな相手に私たちは何かをしたいとつねに思う。嫌いな相手にはそんなことは絶対にしないが、頼まれてもいないのにできることはないかと懸命に探したりもする。

相手が期待していない役立つことをして、感謝されたい。そんな気持ちもあるかもしれないが、それだけでもない。ただ、感謝以前にそうすることに満足を覚える。何かをすることで相手への思いを確かめていく。恋愛をしていると、そんな関係と日々が心地よく感じられることがある。

だが、人生には好き嫌いと少し性質の異なる地平が存在する。愛する者に何かをするのではなくて、しないでいる、という態度を貫かなくてはならないこともある。

一九一六（大正五）年、作家の有島武郎（一八七八〜一九二三）の妻安子が病のために二十七歳で亡くなった。二人の間には三人の子供がいた。妻が亡くなってから二年後に彼は、息子たちへの手紙として「小さき者へ」と題する作品を発表している。

病が分かって、病院に入ってから安子はけっして子供たちには会わないと決めた。結核だった。病の感染を恐れたからだけではない。子供の姿を見て、そこに満ち足りた何かを感じ、病苦と闘うのをあきらめるのを恐れたからでもある、と有島は書いている。

結核は当時不治の病で、血を吐き、やせ細りながらもどうにか生きようとする彼女の姿は壮絶を極めた。安子は何よりも「お前たちの清い心に残酷な死の姿を見せて、お前たちの一生をいやが上に暗くする事を恐れ、お前たちの伸び伸びて行かなければならぬ霊魂に少しでも大きな傷を残す事を恐れたのだ」ともこの作品には記されている。

母親が子供に会いたくないはずがなかった。一目会うことができれば彼女は自分の命を引き換えにすることすらいとわなかっただろう。だが、けっしてそうしない。もし、生き続けることの意味が自分自身の問題であるだけだったら、彼女は、耐えがたい闘病の日々を生き抜こうとはしなかっただろう。

病院への入院が決まったとき、日ごろはけっして涙を流さない彼女が子供のいないところで嗚咽するように泣いた。このとき彼女は、ふたたび帰ってくることがないかもしれないことを、心のどこかで感じている。「涙は拭くあとからあとから流れ落ちた」と述べたあと、有島はそのときの様子をこう書き記している。

その熱い涙はお前たちだけの尊い所有物だ。それは今は乾いてしまった。大空をわたる雲の一片となっているか、谷河の水の一滴となっているか、太洋の泡の一つとなっているか、または思いがけない人の涙堂に貯えられているかそれは知らない。しかしその熱い涙はともかくもお前たちだけの尊い所

——有物なのだ。

いずれ、こぼれ落ちる涙は乾き、その跡も見えなくなる。だが、それはけっして消えることはない。人の瞳から落ちた涙は、雲になり、河を流れる水になる。また、誰かの涙に変じているのかもしれない、とも有島はいう。

涙だけではない。楽器から放たれる音も、花々から発せられる薫りも時間とともに消えてしまう。さらにいえば、人はどんなに深く愛する者とも、必ず別れなくてはならない日がやってくる。万物は消えゆく、確かなものなど何もないと言う者もいる。そうなのかもしれない。

しかし、永遠を信じる者にはあのとき奏でられた音が、あの香りが、そして、別れが身を切るほどに痛く感じられるあの人に出会えたことこそが、消えざるものになる。

先の一節にあった「涙堂」とは、目の下にあるふくらみをいう言葉だが、ここではそれ以上の意味をもっている。人には誰も、流した涙によって作られた一つの聖堂があるというのだろう。

涙堂を感じるとき私たちは、涙によって語られた、声にならない声を沈黙のうちに聴く。沈黙の行為に込められた思いは、時を隔てて豊かに語り始める。むしろ、時を隔ててこそといった方がよいのかもしれない。

この作品は次の一節で終わっている。

前途は遠い。そして暗い。しかし恐れてはならぬ。恐れない者の前に道は開ける。

行け。勇んで。小さき者よ。

避けがたい人生の闇は、人を恐れさせるためにあるのではない。わずかな光をも見過ごさないために存在しているというのである。

耐える

甘いものを我慢する、買い物を我慢する、というように、我慢とは欲望をおさえることをいう。私にはそう感じられる。だが、耐えるという言葉には、それとはまったく異なる語感がある。

我慢しているとき人は、その対象が何であるかを知っている。目標をもっていることすらある。だが、真に耐えているときは、何を前に耐えているのかを知らない。

むしろ、人生としか呼びようのない何ものかが、大きな不自由を強いてくる、その出来事と向き合うことを、耐えると呼ぶのではないだろうか。だから、耐えるとは不自由を経験することだともいえる。

しかし、不自由を経験することによって人は、自由の存在をそれまで以上にはっきりと感じてもいる。

自由を与えられているものが、自由を生きているとは限らない。日ごろは改めて考えることのない自由を、それが失われたときにいっそう深く認識する。自由の意味は、不自由のときにこそ、いっそう深く感じられるのかもしれない。耐えるとは、形を変えた自由であることの深化だといえる。奇妙に聞こえるかもしれない。しかし、耐えているとき、人はこれまでにないほど自由を近くに感じて生きている。

さらに人は、しばしば、自分が今何かに耐えているという自覚がないまま日々を送っている場合がある。人生の危機にあるとき、自らが生の絶壁にいる事実を認識していないこともけっして珍しくないのである。私の場合もそうだった。

耐えている者は、我慢している素振りなど見せない。我慢とはまったく異なる境域に生きている。

何よりも、耐えるという言葉の奥には、信じるという営みが横たわっているようにも感じられる。何かに耐えているその人は、意識しないところで何かを信じているのではないだろうか。少なくとも耐えている自分を信じようとしている。

信じるとは、不可知なものと向き合い、それに耐えようとするとき、私たちのなかに生みだされる生の宝珠《ほうじゅ》である。

人は、すでに知っていると思うものを信じることはできない。耐えているとき、私たちは自分という謎と対峙することを迫られているのかもしれない。

また耐えるとは、内なる詩人が目覚め、その存在を醸成するときでもある。人は誰も内なる詩人を宿している。詩を読み、心動かされる。それは眠っていた内なる詩人を呼びだす合図になる。世にいう詩人たちが私たちに伝えようとしているのは、この一点に凝縮されるといってもよいくらいだ。

「詩」は、紙の上に文字で記されるとは限らない。「生きとし生けるもの、いづれか、歌を詠まざりける」と『古今和歌集』の仮名序にあるように、世にある万物は、言葉とは異なる別の「コトバ」で、高らかに「詩」を謳《うた》いあげている。

見るということは、詩人の最も奥深いいとなみ、最も気高い天職に属している。詩人は一切を見る、ダンテにおけるがごとく。彼は哲学者が考えるところを見るのである。哲学者が考え、分析し、謎を解決しようとするのに対して、詩人は逆の歩みを取る。彼は謎を愛し、それを一層生々と現前せしめようと願うのである。

（「小林秀雄論」『新版　小林秀雄　越知保夫全作品』）

この一節を書いたのは越知保夫《おちやすお》（一九一一〜一九六一）という批評家である。彼は一九六一年に四十九歳で亡くなった。生前越知は、一冊も本を世に問うことはなかった。だが、没後に発刊された本は、五十年を経た今でも読まれ続けている。彼は耐えた人だった。耐え、そして信じるとは何かを体現した。

詩人は謎を解析しようとせず、それを愛すると越知はいう。耐えるとは、人生が差し出すいくつかの逃れることのできない問いを、明確な答えのないまま、どこまでも愛そうとすることだというのだろう。私は、「耐える」という言葉をこれほど美しく、また、精確に表現した例をほかに知らない。

念ずる

日ごろ、何気なく用いている「おもう」という言葉だが、この一語には、容易にたどりつくことのできない奥行きがある。人は、じつにさまざまな「おもい」を身に宿して生きている。

思う、想う、懐う、憶う、あるいは思惟という言葉の惟の文字も、「惟《おも》う」と読む。そして、念う、もまた「おもう」という。「おもう」には、状況によって、いくつもの異なる漢字が当てられている。

「思う」は、思考という言葉があるように私たちの表層意識の働きだが、「想う」になると、その領域は想像の世界にまで及ぶ。懐古という言葉があるように、「懐う」は過ぎ去った日々をおもうこと、憶測という表現があるように、

「憶う」は人の心の奥にあるものを感じてみようとすること、そして「惟」は「惟神」と書いて「かむながら」と読むように、神の心を受け止め感じることを指す。

そして「念う」は、念願、念仏という表現に見られるように、意識の彼方、私たちが心であると感じる場所の、さらに奥深くで「おもう」ことを意味する。

おそらく、どんなに深く思っても、それだけでは「念う」という営みが起こる十分な条件は整わない。むしろ、「思う」という意識の働きが鎮まったとき、「念う」ことが始まるのではないだろうか。

「念には念を入れて」と私たちはいう。ここで意図されているのは単に、細心の注意を払って事にあたれ、ということだけではなく、心を籠《こ》めてなすべきことをなせ、ということだろう。

仕事での場合を考えてみる。注意して業務にあたるのは大切なことだが、それが過度の緊張につながるとかえって仕事の質を落とす。緊張しつつ力を抜く、そんなことが実現されるとき、人は、念の境域に生きている。

特別なことではない。私たちは日々の生活のなかで、大切な人を心に浮かべ、いつもと変わらない日常的な行為を淡々と行うときに、そうした境地にいる。

ここでの「大切な人」とは、特別な人を意味しない。むしろ、特定の個人を超えて、それが未知の他者にまで広げられるとき、私たちの仕事の質は格段に深まる。

誰か明確には分からない人をぼんやりと想像しながら、その人にそっと何かを手渡すような仕事ができたとき、職種を問わず、そこにある仕事はじつに美しいように感じられる。

一人で暮らしていると、掃除も洗濯も料理も、必要ならすべて自分でやらない限り、生活に変化は起こらない。当たり前のことだが、若いころは違った。それらはすべて母がやってくれていた。

近ごろは、自分のためにではあるが、家事を行いつつ、母がどんなおもいで家を切り盛りしてくれていたのかと考えている。本人に聞けば、当たり前のことをやっていただけだというかもしれない。しかし、そうであればそれゆえに、いっそう貴《とおと》いように感じられる。

誰のために、何のためにという思いが薄れて、行動によって「念い」が示されるとき、当人が意図するのとは別な、それ以上の営みが起こるのではないだろうか。親が子供の無事を念う。あるいは子供が親の、愛する人が相手の無事を念うとき、それはすでに明瞭な思いのような姿をしてはいない。思いが分からないほどに「念い」は深いともいえる。

祈念という言葉がある。私たちはしばしば、具体的なことを神仏に願う。しかし、祈念という言葉に潜んでいるのは、それとは少し異なる意味合いではないだろうか。それは人間が語る行為ではなく、何かを告げられるときのようにも思われる。

さらに祈念と念願が折り重なるように存在する場所が人生にはある。祈りと願いが一つになるとき、人は思いもしない境域へと導かれる。

——スーフィー（イスラームの神秘家）が日夜を分たず勤め励む難行苦行の全ては、

此の神の光を心に迎えるための準備に他ならない。そして念願果されて目も眩むばかりの光明が突如として心の壁を破って流れ込む時、彼の自己意識は跡かたもなく消えて、無限に遠い神は無限に近くなるのである。

（井筒俊彦「イスラム思想史」『読むと書く』）

願うとき、人は自らの願望を神々に聴き入れて欲しいと強く思う。しかし、祈念の動きは逆で、人間の思いを神々に届けることではなく、神々のおもいを受け止めようとすることだろう。

人は、自らを超えた者を迎え入れるために、願望の部屋に祈念と念願がたゆたう場所を作らなくてはならない。あふれる思いを静寂な「念い」へと育てていかなくてはならない。そうした営みを私たちは、ときに「愛する」と呼ぶのではないだろうか。

待つ

ある時期が来るまでは、どうしても読み通すことができない本がある。私にとっては石牟礼道子の『苦海浄土』がそうだった。

はじめて手にしたのは十六歳、高校生になったばかりのころで、文庫本を新潟の古書店で買ったのを今でも鮮明に覚えている。

買ったといっても店主から手渡されたわけではない。雨に打たれたのか、濡れて少し歪《ゆが》んでいる本で、軒先に並んでいる安価本のうちの一冊だったから、百円を箱に入れただけだ。

どうして手にとったのか分からない。石牟礼道子の名前も知らず、水俣病に関しての知識もほとんどなかった。だが、何か抗いがたい、強い促しを感じていたのは事実である。

義務教育を終えたら家を出るという父親の方針で、同じ新潟県だったが、特急で二時間半ほど離れた高校に通っていた。高校時代から下宿生活をしていてテレビもなく、本を読みでもしなければ時間を持て余すような生活だった。

部屋にもどって『苦海浄土』のページをめくり、少し読む。何ともいえない「おそれ」を感じて本を閉じた。

「おそれ」は、恐れ、怖れとも書くが、畏れとも書く。現代人は、恐れと畏れをしばしば混同している。むしろ、いたずらに恐れへと身をあずけてしまい、畏れるべきものを見失ってしまうといった方がよいのかもしれない。

あのとき、部屋に充満した不可視なものの感覚は忘れられない。このまま読み続けたら人生が変わる。これまでまったくふれたことのない人生の深層に導かれる、そう強く感じた。

当時でも、今自分を包み込んでいるのが、恐怖の対象ではないことは分かっていた。しかし、まだ少年と青年のあいだのような、ほとんど本を読んだことのない若者だった私は、畏れの感情を知らなかった。

それから何度かこの本を開いたが、読み通すことができないばかりか、本に突き返されるようなことも一度ならず経験した。本格的に読み始めることができたのは東日本大震災のあとである。

大震災のあと、私は死者のことばかりを考えていた。自身も近しい者を喪ったこともあって、地震と津波で亡くなった人々の遺族の心持ちが痛みを伴って伝わってくるように感じられたのである。

しかし、メディアも文学も、宗教さえも死者を語らなかった。あれほど多くの人間が逝《い》ったにもかかわらず、死者が「生きている」ことを語る人はじつに少なかった。現代人はいつからか死者を恐怖の対象にしてしまい、その存在を語らなくなっていた。

遺族は、愛する人が目に見える姿で存在していないことは分かっている。だがその一方で、どこにいる、と場所を指さすことはできないが確かに実在する、そう感じている。遺族が苦しんでいるのは大切な人を喪ったからだけでなく、世の中が死者を実在として認識していないからであるように思われたのだった。

しかし当時はまだ、本を一冊も書いていなかったから、こうした思いを発表する場もなく、思いは思いのままで、表現となるにはいたらないだろうと思っていた。

そうしたとき、どこからともなく一つの言葉が訪れた。自分の記憶から浮かび上がってきたのではない。それとはまったく違う場所から、お前が考えているのはこのことではないかと、紙に書かれた文字を差し出されたような気がした。

その一語が石牟礼道子が書いた「死民」だった。石牟礼はしばしば、個の存在を思わせる死者ではなく、数えがたい複数を意味する「死民」という言葉を用いる。さらに「死民」とは、亡くなった人々の呼称ではなく、死によってつながる民衆を意味すると彼女は言う。


死民とは生きていようと死んでいようと、わが愛怨のまわりにたちあらわれる水俣病結縁のものたちである。ゆえにこのものたちとのえにしは、一蓮托生にして絶ちがたい。

（『水俣病闘争　わが死民』）

この一節のあとに彼女は、「死民」たち、ことに亡くなった者たちは、「未来へゆくあてもないままに、おそらく前世にむけて戻ろうとするのではあるまいか」とも書いている。死者たちが生者たちを思う情愛は深く、彼らは自らの魂を、未来にではなく、過去に転生させ悲劇を未然に防ごうとするだろう、というのである。

死者論を書きつつも、私一個の死者の経験を書く意味が、はたしてあるのかという思いをぬぐい切れなかった。だが、「死民」の一語が私に書く勇気を与えてくれた。死者を語るのではなく、「死民」を語れ、という啓示を受けたようにすら思われた。

同じ人間が二人といない以上、同じ悲しみは存在しない。だが、異なる二つの悲しみは、異なるからこそ響き合うのではないだろうか。「死民」という一見、恐れを抱かせる言葉も、今では無上の慰めと畏怖の念を注ぎ続けてくれている。

「死民」の一語を通じて、高校時代から数えて四半世紀の後に私は、『苦海浄土』と向き合えるようになった。だが、読書は今も終わらない。

憎む

人は、しばしば考えとは別なことを話し始める。特に友人が苦しみ、嘆きながら自らの心情を語り、それを聞きつつ、ふと口にする言葉など、こちらが感じていた以上の衝撃をもって受け止められることがある。

数年後に、あのとき言ってくれたことが今でも励みになっている、と礼を言われたりするのだが、こうした場合は例外なく、自分が語った言葉を覚えていない。何を口走ったかの記憶がない者が感謝されたところで実感は湧かない。

だが、そのときに何を語ったかもはっきりと認識し、相手の心が動いているのも目の当たりにしながら、自分の発言への実感がない、ということもある。

私の場合、それは十七歳のとき、それもアメリカで起こった。

留学とは聞こえがよいが、実態は逃避だった。今日では留学期間中の単位も実績とみなされるが、私が渡米したころはそうした認識も世の中にはまったくなかった。高校も一年留年したことになり、結果的には四年在籍した。

中学校を出ると実家から離れた場所で暮らすのが、子育てにおける父の方針だったのは先に述べた。父は、七歳で父親を喪い、大学生になってしばらくすると母親を喪って、ひとりになった。姉がいるのだがすでに嫁いでいた。そのころから苦労を重ねた父は、生活の自立は早ければ早いほど良いと考えていた。会うたびに自立の教えを説くので、だんだんと嫌気がさしてきて、家からさらに遠く離れれば父を納得させられるのではないかと思い、アメリカへ渡ったのだった。

ひと月の語学研修を終え、ホストファミリーの家に到着した。言葉は分からなくても異変は察知できるものである。何かがおかしいと思ったら、この家は夫妻が離婚して「ファミリー」でなくなっていた。

今日のような私費留学ではなく、交換留学生という立場だったので、滞在先はファミリーでなくてはならなかった。

外が寒くなり手袋をしなくてはならなくなったころだった。突然、この家の母親から、残念ながらあなたといっしょに暮らすことはできなくなった、と告げられた。

それからの日々は、今から思うと、少しだけ苦労の多い生活だった。滞在先が無くなって警察官の家に保護された。だが、その家は小さく部屋はなく、いつも床の上に敷物を敷き、その上に毛布を掛けて寝ていた。食べ物は与えられたが、質素だったのを覚えている。じゃがいもの白、冷凍ニンジンのオレンジ、トウモロコシの黄色、それがほとんど不変な食卓の風景だった。

そうした日々をどれほど過ごしたのかよく覚えていない。ともあれ月単位ではあった。買い物にも行けなかったから着る物も十分ではなく、見た目にも労苦は明らかだったと今は思う。しかし当時は、毎日を過ごすのに懸命で、自分がどんな身なりで、周囲の人が自分をどう見ているかなど考えもしなかった。

ある日、警官からお前に会いたいと言っている人がいる。今晩はそこで食事をすることになっている、と告げられた。

車で送られて、ドアを開けると、大邸宅ではないがよく映画に出てくるような成功者の家だった。娘二人と母親がいて、あなたに会って話を聞きたかったと優しいまなざしで語った、その瞬間は今でも鮮やかに浮かび上がる。

食卓には色とりどりの食べ物があり、果物をいっぱいにのせた器も部屋のそこかしこに置かれていた。食事中もさまざまなことを尋ねられた。具体的に何を答えたのかは忘れたが、質問は世相に関することなどで、そのことへの意見を求められたのだった。どうしてこんなことを自分に尋ねるのかと思いながらも、こちらの目的は色彩豊かな料理だから、この食事が少しでも長く続くようにと願いながら聞かれたことに応じていた。

ある質問をされたとき、ふと、人はどんなにほかの人を嫌いになっても構わない。しかし、けっして憎んではならない。それはついに自らを傷つけることになる、と答えた。すると、娘の一人が大きな声を上げて泣き始め、部屋を出ていった。それは、嗚咽《おえつ》といった感じだった。母親ももう一人の娘も目に涙をいっぱいに浮かべていた。急にいなくなった娘にふれ、母親が彼女は悲しいのではない。あなたの言葉に打たれたのだ、と小声で語った。

人生のうちで人は、何度か言葉の器になる。そうしたとき、自分の口から語られる言葉でも人は、それを他者のそれとして聞かねばならない。「憎む」ことをめぐって記された一節が、中国四書五経の一つ『礼記』にある。

愛してその悪を知り、憎みてその善を知る。

ここでの「悪」は短所を指す。本当に愛することは相手の短所と向き合うことであり、たとえ誰かを憎むことがあってもその長所に目を閉ざすことがあってはならないというのである。

見つめる

「見る」と「観る」の違いは先にふれたが、「見つめる」は、そのどちらとも異なる営みではないだろうか。

「見る」経験は瞬時に終わることも少なくない。しかし、真に「見つめる」ために人は、まなざしだけでなく、時を準備しなくてはならない。

会社で仕事をしていて、仲間を理解しようとするとはどのような営みかを、改めて考えてみたことがあった。その相手の話をよく聞く、コミュニケーションをよくとるなど、月並みなことが頭に浮かんでは消えた。どれもどこかで植えつけられた教科書の文言のようで現場では役に立たない。そんなことを思いつつ、数日間ほどすごしていた。すると、あるとき、時間を準備することではないかと思い当たった。

このことは簡単そうだが難しい。今も十分にできていない。そうした心づもりでいることはできても、いつ、時間がほしい、と言われるのかが分からない。そしてたいていの場合、こちらが緊迫しているときにそうしたことは起こる。

時間は外にある、と私たちは思っている。しかし、実は本当の時間、「時」と呼ぶべきものは、私たちのうちにある。他者と向き合おうとするとき、時間を割くだけでは十分ではない。内なる「時」の扉を開かなくてはならない。

すると、それまでは感じることのできなかった言葉の奥にある意味の深みを、相手の言動のなかに感じるようになる。発せられた言葉だけでなく、沈黙にも、言葉では表し得ない意味が宿っていることにも気が付く。さらにいえば、語られた言葉を見ているときは、ほとんど愛《いつく》しみを感じることのなかった人の沈黙に、底知れない情愛を感じるようになることもある。

こうしたことがあるのは、他者の口から発せられる言葉においてだけではない。本を読むことにおいても起こる。心が求める言葉に出会うために私たちは、多くの時間を割き、いくつもの本を読むだけでは十分ではない。そこに短くても心も魂も注ぎ込むような「時」をささげなくてはならない。

本を読むことは、それを書いた人間に出会うことである、と小林秀雄（一九〇二〜一九八三）は考えていた。「読書について」と題する一文で小林は、「理窟を述べるのではなく、経験を話すのだが」と断りつつ、自らの心情をこう語っている。

……手探りをしている内に、作者にめぐり会うのであって、誰かの紹介などによって相手を知るのではない。こうして、小暗い処で、顔は定かにわからぬが、手はしっかりと握ったという具合な解り方をして了《しま》うと、その作家の傑作とか失敗作とかいう様な区別も、別段大した意味を持たなくなる、と言うより、ほんの片言隻句《へんげんせっく》にも、その作家の人間全部が感じられるという様になる。

読むとは、ついに眼には見えない作者の「手」を握りしめるというところに至る。それはこの世で生身の人間にふれるがごとき経験になる、というのである。

ここまでの実感はなかったとしても、今まで読めていなかった言葉が、心の奥深くに届くような衝撃を伴って迫ってくる、もう何度も読んでいるはずの文章があるとき、まったく新たな意味を帯びて浮かび上がってくる、そうした経験をしたことのある人も、少なくないのではないだろうか。だが小林に言わせれば、それは私たちの理解が深まったから起こったのではない。書物の奥にいる不可視な存在が心を開いたのである、ということになる。

こうしたとき、それまでは何の変哲もなかった言葉が、人生の一語になることがある。

人は、読む経験のなかで、その一語に遭遇することもあるが、道はそればかりではない。書く営みのなかでそれに出会うこともある。読むと書くは、異なる二つの営みではない。それは呼吸のように分かちがたく結びついている。またそれは真の意味で「分かる」という営為が、私たちの人生で現実となるために準備された、二つの「道」であるようにも感じられる。

もし、人生の一語を書物に見つけることができないなら、自分の手で書けばよい。人は誰も自らの人生の危機を救うに十分な言葉を心の奥に宿しつつ、この世に生を受けている。私だけがそう感じているのではない。このことこそ哲学の祖であるプラトンが、生涯を賭して私たちに伝えようとしたことなのである。

プラトンはこう言っているのである。苦しみにあるとき、人生の試練にあるとき、己れの魂を見つめるがよい。お前はそこに朽ちることのない光を見出す。誰に与えられるのではなく、人は内に秘めた言葉によって、転んだ場所からもう一度立ち上がることができるというのである。

壊す

今となっては本を書くのが生業《なりわい》になったが、十六歳までに読んだ本は二冊だけだった。ともに伝記で、一冊は坂本龍馬、もう一冊は田中正造だった。龍馬伝を読んで興味をもったのは主人公よりも彼の師だった勝海舟だったが、田中は私の意中の人になった。

田中正造（一八四一～一九一三）は、足尾銅山鉱毒事件において、鉱毒被害を受けた民衆の側に立って企業と国家に敢然と対峙した人物として知られている。公害は、どんな事象であっても人間が関与する「事件」であることを、私たちは忘れてはならない。公害はけっして自然には起こらない。そこに自然の理を無視した、ほとんど横暴というべき近代産業社会の営みがある。

また公害は、それが人災であることが認められるまで、じつに長い歳月を要する。さらに日常生活や健康を大きく損なわれた被害者に支援の手が差し伸べられるのは、それから短くない時間が経過してからである。

公害に第三者は存在しない。中立の立場を装った冷静そうな発言は、必ず加害者に加担することになる。それが現代における不可避な構図である、と語った人がいた。宇井純（一九三二～二〇〇六）である。彼は公害学という、自然環境といのちを統合的に論じた領域を切り拓いた。

先日、足尾に行った。

『苦海浄土』を読み進めていくと足尾は、まったく新しい意味を帯びてよみがえってくる。石牟礼道子たち民衆が、国家と行政、さらには企業を相手に立ち上がろうとするとき、足尾銅山鉱毒事件でたたかった人々の姿に時の壁を超えた同志を見出したのだった。

現代に生きる私たちは、現在の問題はさまざまな分野の最先端の知識によって解決するのがよい、とほとんど盲目的に信じている。だが、石牟礼たちは違った。彼女たちは真に未来を作りだしたいと願えば、過去にもどって現在の問題の本質を見極めなくてはならないと感じた。さらには、同志を同時代に見つけることができなくても、歴史の世界には見出せることを発見したのだった。

七十数年後の水俣病事件では、日本資本主義がさらなる苛酷度をもって繁栄の名のもとに食い尽くすものは、もはや直接個人のいのちそのものであることを、わたくしたちは知る。谷中村の怨念《おんねん》は幽暗の水俣によみがえった。

（「あとがき」『新装版　苦海浄土　わが水俣病』）

足尾銅山鉱毒事件から七十年の間——今は、それからさらにおよそ五十年が経とうとしている——日本は、人間の、あるいはあらゆる生き物における「いのち」の意味をまったく深化させることはなく、弱き者の生活から順に、何かを食い破るように肥大化を続けてきたというのである。

公害が破壊した、という表現は正しくない。人間が壊したのである。壊した者はそれをよみがえらせる責務を負う。しかし、あれほど激しく自然を、隣人の生活を破壊した人間も、それを蘇生させるには、ほとんど無力であるのが現実だった。

水俣病事件によって著しく壊された世界が再生していく物語を石牟礼は、『水はみどろの宮』と題する童話に描き出している。私には、この作品は、もう一つの『苦海浄土』のように思えてくる。水俣は今も、じつに美しい場所である。あの陰惨な出来事から海は今、よみがえりつつある。誰がふたたび、いのちを宿す世界をもたらしたのか。石牟礼はこう書いている。


「誰《だれ》じゃろう、それは」

神さまのお気に召《め》すのは、誰《だれ》じゃろうとお葉《よう》は思った。

「十三年前は、魚生み林の木の精が、一の君の位にあがった」

「一の君は、よか名前かえ」

「よか位じゃ。不知火海《しらぬいかい》という美しか海が、ここからほら、雲仙岳《うんぜんだけ》のはしに見えとろうがの。六十年ばかり前、海に毒を入れた者がおって、魚も猫《ねこ》も人間も、うんと死んだことがある。五十年がかりで、自分たちの立ち姿だけで、海に森の影《かげ》をつくってな、その影《かげ》の中に魚の子を抱《だ》き入《い》れて、育てた木の精の代表が、一の君の位に上がった。命の種を自分の影《かげ》の中に入れて育てて、山と海とをつないだ功労により、一の君と申しあげる」

壊すとき先頭に立った人間は、それを取り戻そうとするとき、なすすべもなかった。木々の精たちが、静かに傷を癒し、海に魚を呼び戻したというのである。

ここで描かれているのは寓話ではない。今日も変わらない現実である。人は、自然を十分に癒す力を有していない。それでもなお、世界を壊し続けるつもりなのだろうか。

祈る

泣くことができたらどんなに楽だろう、そんな風に思うほか、何もできなくなるようなことが人生にはある。また悲しければ人は泣くのだ、とかつては思っていた。だが、悲しみが極まるとき、涙は涸れることがある。

しかし、こうした出来事に直面したときに人は、心をつたう涙、という一節が、比喩ではなく、切実な表現であることを知る。胸が熱くなる、と私たちはいう。胸中を流れる涙はいつも何かを燃え立たせるように熱いのではないか。涙はときに目に見えない。だから世の中には、悲しみの底を生きながら、うっすらとした微笑みをたたえて生きる人が無数にいる。

また、悲しむ者に、悲しんでばかりいても何も始まらない。心のうちを話してみろ、と言う人がいる。こんなとき、私たちの魂はこう叫んでいるのではないか。

もし、私があなたに悲しみの理由を語れば、あなたはそれを理解してくれるのか。どうしてこんなに悲しいのか、自分でもわからないのに、話せば分かると本気で言っているのか。

だが、そう感じることができたとき、人は悲しみを語ってもよいのかもしれない。分かってもらえないということが分かりさえすれば、人は対話をはじめることができる。

人がもし、悲しみを語ることを止めたなら、世界は一層暗くなるだろう。闇を照らし出す強靱な光はつねに、悲しみの奥から放たれるからだ。さらにいえば人は、悲しみを語るなかで自らの傷を癒す言葉を、自分の口から語り出すのではないだろうか。

悲しみは不可避な人生の谷である。誰しもその場所を通らねばならない。

大きな悲しみも、小さな悲しみもない。存在するのはただ一つの、けっして繰り返すことのない悲しみだけだ。

だから、自分の悲しみが、他者に完全に理解されることはないのだろう。他者の悲しみを知り尽くすこともまた、ないように思われる。だが、異なるものだからこそ、調和し、共振し、響き合うことができるのではないか。悲しみを語り合うことでこれまでは世に存在しなかった調べを生むことができるのではないだろうか。

心を癒す慰めの花もまた、悲しみの谷に咲いている。花の姿は、個々の眼にまったく違って見えるらしい。それは世に言われているよりもずっと、小さい。小さき花を探せ。立ち止まって、目を凝らしてみなければ、見過してしまう小さき花を探せ、と内なる賢者はいう。

悲しみを愛《いつく》しめ
それは
大いなるものから託された

稀なる宝珠である
他者の悲しみを愛しめ
それは
聖なるものの顕われである
内なる悲しみを目覚めさせよ
悲しみを語る言葉は
いつしか祈りに変わるだろう

生きていればときに闇の中を歩かなくてはならないことがある。そうしたとき私たちは、内なる言葉を、ともしびにしながら歩くことができる。言葉など、と思ってはもったいない。たった一つの言葉にさえも、闇に生きる人を光へと導く力が宿っている。むしろ生きるとは、何ものかに託された幾つかの言葉を身に宿し、それを他者と分かち合うことなのではないだろうか。

人生の一語は、しばしば平凡な姿をしている。また、気が付かないうちに、私たちは、それをしばしば口にしていることすらある。私の場合、それは「悲しみ」だった。

悲しみを知ることは耐え難い経験だが、それは内なる情愛の誕生でもあった。内なる人生の一語を生む。それは、一つのいのちを世に送り出すことなのではないだろうか。そのとき人は、他者が容易に助けることのできなかった、自己を救うのである。

あとがき

人生には何度か、まったく本が読めなくなる時期がある。いくら本を開いても言葉が心に届かない。ついにはページをめくることすらできなくなる。もう読書のたのしみが奪われたのではないかと感じることもある。

だが、心配はいらない。そうしたときは、誰かが書いた文字を読む時節ではない、自分で書いた言葉を読め、と何ものかが告げているのである。すでにある文字ではなく、まだ世に顕《あら》われていない言葉を自らの手で紡ぐときが到来した、言葉を紡げ、と人生が呼びかけている。

うごめく想いを言葉にしてみる。誰に見せるためでもなく、ただ、偽らない気持ちを書いてみる。本が読めないときは、自分と向き合う時機でもある。それは自分の人生を新しく支える言葉を、自らが紡ぎ出す時節でもある。

書くとは、単にすでにある想いを文字にする営みではない。それはメモで、ここでいう「書く」という営為ではない。書くとは他者に想いを伝える行為であるだけでは終わらない。それは自己とは何かを知る営みでもある。

むしろ人は、書くことによってはじめて、自分が何を考えているのかを知る。

また読むことも、単にそれを書いた人の想いを理解することでもなければ、そこに述べられている事実を手に入れることでもない。ましてや、「正解」を見つけることなどではない。もし、正解のようなただ一つの「読み」しかないのだとしたら、文学が、この世に存在することはできなかっただろう。

「読む」とは、文字を媒介にしながら彼方の世界を感じることであり、そこで文章を書いた者と対話することではないだろうか。

絵を見るとき、音楽を聞くとき、あるいは屋外にある彫刻にふれるとき、私たちは正解など見つけようとはしない。その成り立ちや通説を、それはそれとして受け止めながら、自分だけの意味、自分だけの感動を愛《いつく》しんでいる。だが、言葉に向き合うときは必ずしもそうはならない。文章を正しく読もうとしてしまう。絵を見たときの感想がほかの人と違っても私たちはあまり気にならない。しかし、語意になると、途端に状況は変わる。間違っているのではないかと不安になる。

記号としての文字に「正しい」読み方は、ある。「海」は「うみ」であり、「花」は「はな」である。だが、そこに籠《こ》められている意味は違う。ある人にとって「海」は、永遠の世界への扉であり、「花」は、亡き者の顕われだった。「海」をそう感じたのは、奄美など南方の島に暮らす人々であり、「花」に死者を感じたのは西行である。

人は、どこまでも言葉を自由に感じてよい。他者の思いをけっして否定しないという覚悟さえあれば、言葉に向き合うときも私たちは、他の芸術にふれるときと同じように、どこまでも感じたままに読み進めてよい。

だがよく考えてみると、「読む」とはそもそも、不可視な文字でこころに言葉を書き記すことであるようにも思われる。だから、多く本を読む人は、気が付かないところでたくさん「書いている」ともいえる。

心のなかだけでなく、それらを紙の上に書いてみてはどうだろうか。人は誰も、自分の人生を深みから照らし出す言葉を自らの手で書くことができる。人は皆、避けがたく訪れる暗闇の時を打ち破る言葉をわが身に宿している。

何かを書きたい、でも書けない。そう思って、もがき、苦しむ。しかし、よく考えてみれば、書くべきことがなければ、書けないと思うこともないのである。だから、書けない、そう思ったところが書くことの始まりになる。

試合に負けることができるのは、ひとたび戦った者だけである。さらにいえば、困難は、試みたことのある者だけに与えられる人生の恩寵《おんちょう》だともいえる。

思うように書けないのは、言葉を扱うのに慣れていないからかもしれない。だが、それは、自らの内なる想いが、言葉で表現できることの範囲を超えているからかもしれないのである。

書けないという実感は、自分のなかにある、容易に言葉にならない豊饒な何ものかを発見する兆しだともいえる。

それは土に埋まった宝珠《ほうじゅ》を掘り当てるような営みにも似ていて、そう簡単にはいかない。しかし、丁寧に、時間を掛けさえすれば、予想もしなかったものに必ず遭遇する。だから今は、書けない現実に正面から向き合うことこそが、新たな「書く」の始まりの合図になる。

また、言葉は、人間がこの世に残し得る、もっとも美しいものではないだろうか。

この本に収められたエッセイの多くは、亜紀書房のウェブマガジン「あき地」で作家の吉村萬壱さんと共に連載をしてきたものである。最後の五編は、新たに書き下ろした。吉村さんには私が連載をお願いした。その経緯は、彼の本の序文にふれたので、そちらを読んでいただきたい。

ともあれ、数少ない敬愛する作家と同じ主題をめぐって考える時空をともにするのはじつに幸福な経験だった。この持続する営みには書簡とはまた別な充実した実感がある。

本を「書く」のは、書き手だけの仕事ではない。編集者は言葉に律動を与え、校正者は書き手が十分に浮かび上がらせることのできなかった言葉を見つけ、そこに息を吹き込む。亜紀書房の内藤寛さん、校正者の牟田都子さん、さらに装丁家の坂川栄治さんと鳴田小夜子さんには心からの謝意と敬意を送りつつ、仲間として共にこの本の完成を喜びたい。

本文中にもふれたが、私は書き手でありつつ、会社を営んでいる。そこでの仲間たちにも改めて感謝を送りたい。彼、彼女の、有形無形の助力がなければ本書が生まれることはなかった。

最後に、この本を書きながら、つねに念頭にあったのは染色家の志村ふくみさんである。敬愛する書き手であり、人生の先達だが、何よりも言葉を紡ぐとはどういう営みであるかを、私は彼女に教わった。

「芸術とは人をなぐさめ、よろこばせることは言うまでもないが、実は人を蘇生させる程の力をもっている」（『薔薇のことぶれ』）と彼女は書いている。彼女の著作に生きている言葉は、確かに記されている通りの力を宿している。その力によって私は今も書き続けることができている。この本を千の感謝と祈りと共に彼女にささげたい。

二〇一六年八月四日

若松英輔

ブックリスト

本書で紹介されている本をリストにしました。読書にお役立てください

・眠る
『いかにして超感覚的世界の認識を獲得するか』
ルドルフ・シュタイナー　高橋巖訳　ちくま学芸文庫

・食べる
『新約聖書』　フランシスコ会聖書研究所訳注　サンパウロ

・出す
『人生の帰趣——弁栄聖者遺稿要集』（増補版）山崎弁栄　光明修養会

・休む
『柳宗悦宗教思想集成』　柳宗悦　書肆心水

・書く
『あたりまえなことばかり』　池田晶子　トランスビュー

・ふれる
『それでも人生にイエスと言う』
ヴィクトール・フランクル　山田邦男・松田美佳訳　春秋社

・喜ぶ
『基督信徒のなぐさめ』　内村鑑三　岩波文庫
『内村鑑三全集』第二巻　内村鑑三　岩波書店

・嘆く
『夏の花・心願の国』　原民喜　新潮文庫

・老いる
『神谷美恵子著作集』第十巻　神谷美恵子　みすず書房

・読む
『ボヴァリー夫人』　ギュスターヴ・フローベール　芳川泰久訳　新潮文庫

- 見る　『漱石全集』第九巻　夏目漱石　岩波書店
- 聞く　『歎異抄』親鸞　講談社学術文庫
- ときめく　『原民喜全詩集』原民喜　岩波文庫
- 忘れる　『須賀敦子全集』第八巻　須賀敦子　河出文庫
- 働く　『重力と恩寵――シモーヌ・ヴェイユ『カイエ』抄』シモーヌ・ヴェイユ　ちくま学芸文庫
- 癒す　『パイドン』プラトン　岩田靖夫訳　岩波文庫
- 愛する　『小さき者へ・生れ出づる悩み』有島武郎　新潮文庫
- 耐える　『新版小林秀雄――越知保夫全作品』越知保夫　慶應義塾大学出版会
- 念ずる　『読むと書く――井筒俊彦エッセイ集』井筒俊彦　慶應義塾大学出版会
- 待つ　『苦海浄土――わが水俣病』石牟礼道子　講談社文庫
- 憎む　『礼記』上（『新釈漢文大系』28）竹内照夫　明治書院
- 見つめる　『読書について』小林秀雄　中央公論社
- 壊す　『水はみどろの宮』石牟礼道子　福音館文庫
- あとがき　『薔薇のことぶれ――リルケ書簡』志村ふくみ　人文書院

本書は、ウェブマガジン「あき地」２０１５年12月～２０１６年6月に連載（20回）したものに、「待つ」「憎む」「見つめる」「壊す」「祈る」の書き下ろしを加えてまとめたものです。

若松英輔（わかまつ・えいすけ）

批評家・随筆家。1968年生まれ、慶應義塾大学文学部仏文科卒業。2007年「越知保夫とその時代　求道の文学」にて三田文学新人賞、2016年『叡知の詩学　小林秀雄と井筒俊彦』にて西脇順三郎学術賞を受賞。著書に『井筒俊彦　叡知の哲学』（慶應義塾大学出版会）、『イエス伝』（中央公論新社）、『魂にふれる　大震災と、生きている死者』（トランスビュー）、『涙のしずくに洗われて咲きいづるもの』（河出書房新社）、『生きる哲学』（文春新書）、『霊性の哲学』（角川選書）、『悲しみの秘義』（ナナロク社）など多数。

生きていくうえで、かけがえのないこと

2016年9月10日　第1版第1刷発行

著者　若松英輔

発行所　株式会社亜紀書房
〒101-0051
東京都千代田区神田神保町1-32
電話(03)5280-0261　振替00100-9-144037
http://www.akishobo.com

装幀　坂川栄治＋鳴田小夜子（坂川事務所）

装画　西淑

印刷・製本　株式会社トライ
http://www.try-sky.com

Printed in Japan
ISBN978-4-7505-1483-3